附靈師

目錄

第一章

夕陽緩緩藏身於櫛比鱗次的高樓大廈之中，橙紅色的餘輝如染料般暈染在天空上，白色的雲朵泛著橙色光暈，整座城市籠罩在霞光之中。

不過，對於夜市的商家來說，夜晚才正要開始。

隨著天色又暗了幾分，原本車水馬龍的街道因爲交通管制，少了汽機車的呼嘯聲，取而代之的是滿滿的叫賣聲、談話嘻笑聲及食物烹煮聲。

除了兩向的攤販之外，下班下課的人潮更湧進夜市，在各攤位排著隊。

各種食物香味混雜在一起，車輪餅的甜膩混著蚵仔煎的鍋香味飄入隔壁的手機行。人群在各攤位游刃有餘地穿梭著，早已見慣了此處熙攘的樣子。

「欸，王德維，聽說你上禮拜跑去藍洋海港？有病嗎？上禮拜颱風欸！」夜市一處，排隊買地瓜球的高中生們閒聊著。

被稱作王德維的男高中生抬起頭，右手往脖子方向一抹，「你們這些臭俗辣，颱風天就是要去海港啊！你們記得我撿到的黃色圖騰吊飾嗎？在海港吹風的時候它一直發光欸！超級酷！」

「神經病！你怎麼沒被瘋狗浪捲走？」點完地瓜球的同學翻了個白眼。

「那根本護身符好嗎，我覺得風一點都不大。」

「欸？那是莫尚恩嗎？」懶得聽王德維吹牛的同學塞了好幾顆地瓜球到對方嘴裡，似乎看見遠處有熟悉的身影。

「怎麼可能，認識他快十年，從沒看過他逛夜……」奮力跟嘴裡地瓜球戰鬥的王德維順著方向看去，地瓜球殘渣順著他的大叫噴了出來，「幹！他竟然來逛夜市！」

「媽的，每次都約不出來，這次跟誰來啊？」覺得被背叛的王德維立刻拋下身邊同學，擠進前方人潮。

無奈在擁擠的人群之中，別說上前興師問罪，就連要好好跟著都有難度。

迎接著好不容易擠出人群的王德維是另一條大馬路，左右來車阻止他想追到對街夜市的衝動。

王德維跟隨的那名少年，身影則消失在對街夜市的人群中。

莫尚恩猛然停下腳步，朝後方看去。但映入眼簾的僅有湧來的人潮，他皺了皺眉頭，剛剛的動靜……是錯覺？

口袋傳來的震動使莫尚恩拿出手機，螢幕顯示王德維傳了一則訊息過來：「幹！莫尚恩你在夜市喔！不揪！」

莫尚恩剛將這則訊息滑掉時，左上方便傳來一聲急促的呼喚，「莫尚恩！」

車輪餅攤販的旁邊是輛改裝過的小發財車，好幾組鐵桌椅四散在周遭，每一組桌椅都坐滿客人。炙熱鐵板上的牛排香味撲鼻而來，荷包蛋在鐵盤上滋滋作響，香味與聲音吸引了不少人群。

莫尚恩注意的並非這牛排攤，而是佇立在小發財車頂上的少女。

少女身著古風服飾，外罩一件及地長披，腰掛一把三尺長刀，流蘇垂吊於尾端。淡藍色的髮絲於頭頂束成蝴蝶結的樣子，插著髮簪，一綹髮絲垂落於腰際。

刀鞘上有用著滿語寫成的姓名：多拉爾．海熙。

而最讓人驚訝的是，少女的形體是半透明的。

祂從小發財車上輕巧躍下，落在恰好沒有人群的地方，半透明的身軀不時竄過淡藍色光芒。

「喔喔！車輪餅好香啊！好想吃奶油口味……」無視著朝祂走去的人潮，少女俐落地在人群中穿梭，即使眞的不小心撞到遊客，那半透明的藍色身軀僅是閃爍了一下。

沒有人因爲這半透明的藍色少女感到驚奇。

又或者，根本沒有人看得到祂。

除了——

莫尚恩玄色的雙眼注視著海熙，對方東張西望了一番，「那兩個冤魂應該逃到這附近？」

不等莫尚恩回應，屬於野獸的嘶吼從後方響起，如轟雷的咆哮炸得莫尚恩耳朵疼痛不已，只見屋頂上有個身形詭異的男子，將某個東西飛快地往人群砸來。

桌子大小的東西不偏不倚地砸翻了牛排餐車。一瞬間，原本是下班下課休憩好地方的夜市瞬間成了煉獄，人們尖叫著從座位彈起，想儘快逃離餐車，但這只讓大家互相推擠、跌倒。

莫尚恩站在原地，那向來少有情緒的臉龐露出了驚訝與錯愕，隨即在海熙的催促下拉回視線。現場一片狼藉，原本亮著燈的招牌出現好幾道裂痕，餐車的擋風玻璃碎成一片……

「快、快來人啊！」顫抖的微弱哭聲從餐車後方傳來。不過，莫尙恩並沒有加緊腳步朝餐車走去，而是轉向另一個方向——那個被扔過來的「東西」。

莫尙恩漆黑的瞳孔和髮絲染上了淡藍色的光暈，而原本半透明的海熙則是泛著耀眼的藍光，臉上表情凝重了幾分。

……這是什麼？

有著人類外型的生物卷縮在地，七孔流著血，身上也多處骨折，但很明顯絕非人類；人類絕不可能有著利爪和雙角。

海熙抽出光刀，試圖將此生物翻身，然而刀刃卻透了過去。祂皺起眉頭，不可置信地喃喃自語，「魔獸……？」

魔獸？從未聽過的名詞讓莫尙恩皺起眉頭，但隨後被充滿絕望的呼救聲引走注意。

莫尙恩趕忙繞到餐車後方，一名滿身鮮血的男子被餐車壓得動彈不得。男子旁的妻小憋著淚，嘗試將男子從餐車中拉出，又或者想推起餐車。

牛排餐車分毫不動，而男子的臉色越來越蒼白，呼吸也弱了許多。

莫尙恩立刻制止小朋友想將爸爸拉出餐車的舉動，並轉向婦人，「叫救護車。」

「好、好……」婦人向後退了幾步，嘗試拿起手機，但過度顫抖的雙手不但沒有拿起手機，反而是讓手機滑落於地。

莫尚恩深吸了一口氣，雙手抓著招牌未破損的部分。淺藍色的光暈佔領了原是夜色的瞳孔，莫尚恩施力緩緩抬起餐車，紓減壓在男子身上的壓力。

「莫——」

尚未將男子帶離險境，一股強而有力的撞擊便從旁襲來，原本微微被托起的餐車被外力轟向一旁的電線杆，原本還保有車型的發財車此時已成扭曲的廢鐵。

這突如其來的狀況並沒有讓莫尚恩愣在原地，反之，他立刻扛起昏迷中的男子，腳步一旋拉上婦女和孩童，毫不猶豫地向右方撤離。下一秒，灼熱的赤色火花從扭曲的車頭炸開，藍色發財車瞬間陷入了一片火海之中。

接著，孩童的尖叫聲響徹了夜空。

孩童和婦女驚聲甩開莫尚恩的手，踏著蹣跚的步伐試圖向後逃去，卻被火牆震懾住了腳步。高溫侵蝕著皮膚，彷彿再向前一步便會灼傷。

莫尚恩屏住呼吸，緩緩壓低身子，僵硬地將肩上的男子平放於地。即使只有三秒的動作，對他來說都像過了三十秒。

他們的前方是另外一隻人形生物。

鐵色的鱗片覆蓋著肌膚，雙手並非是五根指頭，而是三根爪子。下身筆直且粗壯，腳後掌還有三根爪子。與其說是人形生物，不如說是半獸人生物。

此生物的灰黑色瞳孔直盯著莫尚恩瞧，又不時將視線轉向男子與顫抖的母子身上。母子的舉動似乎惹怒這隻生物，牠右腳爪子耙了耙地面，微微弓起身子。

接著，那生物一個跳躍，撐開鐵灰色的利爪，眼瞳裡是那對母子的無助——

一抹耀眼的淺藍色光暈閃過夜空，另一道炫藍光輝也如鬼魅般劃出，截斷了生物的一隻手臂。

四濺的鮮血與掉在地上的殘臂，頓時讓母子兩人暈了過去。

翻身而起的莫尚恩抹去了臉上的血跡，手上的牛排刀被藍色光輝包覆，成了一把晶瑩剔透的藍色短刀。

看著地上的斷臂，魔獸右爪按著血流不止的左肩，仰天嘶吼。

隨著這一吼，周遭的大氣如萬馬奔騰般的震動著。

「附靈師啊，警方和救護車來啦！」附近民宅，一名頭戴漁夫帽，穿著休閒的男子高舉雙手，瘋狂擺動著。

「另一方是記者群啦！快跑啊！」另一邊，身穿洋裝的女子將雙手圈在嘴前喊著。

「不過那是什麼鬼東西？」

「這群湊熱鬧的地基主們……」海熙傻眼地望著不遠處的民宅，此區的地基主們都聚集在最近的一間房子上，高聲討論著。

雖然莫尚恩雙眼都緊盯著魔獸，但也一字不漏地將地基主談話內容都聽了進去，遠處的確響起了救護車警鈴。

莫尚恩緊咬著牙。他身後是昏迷不醒的家庭，若現在離開，魔獸很有可能再襲擊他們，但若不離開，萬一遇上了記者和警察也很麻煩。

「KO牠啊，附靈師！」民宅上的地基主們似乎將下方當成競技場，賣力地叫著。

莫尚恩一個欺身向前，右手一轉反握餐刀，幾個踏步追向魔獸，毫不留情地朝頸部一劃。

「警方跟醫護人員都從左邊來啦！」

「右方有記者！」

地基主們宛如實況轉播，一條條資訊在少年耳邊炸開。顧不得確認魔獸生死，莫尚恩立刻轉身向後跑，一蹬跳向電線杆，再使力躍過鐵網，翻進一旁公園。

身後的街道除了火焰燃燒聲和地基主們高談闊論的聲音之外，救護車和警車的鈴響也同時湧入，陣陣腳步聲也帶來了快門、無線電和記者們播報的聲響。

街道上，僅有路燈指引著方向，星辰和月亮都藏進了幽藍色的夜空之中。因爲夜市的突發狀況，觀光客已疏散到其他地方，居民則是關緊門窗待在家中。

莫尙恩腳步蹣跚沿著街道走著，右手微扶著圍牆，左手壓在胸口前。胸膛劇烈起伏著，卽使已離開夜市街道一段時間，莫尙恩尙未回復急促的呼吸。身上的藍光如失控般地竄出和閃爍，瞳孔也呈現一藍一黑的情況。

「Goedenavond 唷，客官打尖還是住店啊？」用荷蘭語開頭的問候從旁響起，接著轉爲高聲驚呼，隨後是鐵門被撞開的聲音，「NONONO 不不不！尙恩歐巴！」

莫尙恩抬起頭，映入眼簾的是名高大的男子。幽暗的夜色遮不住男子豔麗的紅色髮絲、蔚藍色的眸子與高挺的鼻子。

格子襯衫、海灘褲和夾腳拖。還有這稱呼，最近入坑韓劇了是嗎。

抑制要滿出來的吐槽，莫尙恩對男子點了點頭，聲虛地打聲招呼，「米契爾。」

「阿米，」海熙連忙揮手喊：「可以先去祢家休息嗎？」

莫尚恩咳了聲，嘗試阻止，「等等……」

名為米契爾的地基主愣了一下，隨後上前攙扶莫尚恩，說：「別擔心！咱家人旅行中！這家我做主，鑰匙在門口花盆下！」

「我們到啦！燈在左邊，尚恩歐巴……我來！」單手將莫尚恩扛在肩上的米契爾往左方一撞，順理成章地開了燈。

客廳上方的吊燈閃爍了幾下，接著亮起了光芒，照亮了整個客廳。一塵不染的櫃子上擺著各種出遊合照和各地明信片，鵝黃色光暈下的簡單擺設顯得十分溫馨。

被米契爾從肩上翻下來的莫尚恩腳步一頓，剛好跌進後方的沙發上。

「嘿，尚恩歐巴，發生什麼事情了？」米契爾湊上前關心道。

「……名字就好。」

米契爾疑惑地歪了歪頭，「可是我看街上的女孩們都 JOHN 子說話耶？歐巴歐巴？」

「不要亂學。」

「阿米！祢穿得好潮喔！」

「對啊，祢看看，我十元買早餐、八元買豆干的夾腳拖！」米契爾得意地伸出腳，炫耀著人字拖。

隨著莫尙恩多次的運氣，原本在身上閃爍的藍光也慢慢隱了下去，最後完全潛進了身體內。

莫尙恩坐起身子，望著海熙。

海熙蹙起細眉，沉默了會，說：「我聽過……不屬於這世界的變種生物，稱爲魔獸。」

「誰說的？」

海熙想了許久，最終不確定地吐出一個名字，「菜菜吧？」

「啊！」米契爾突然右拳擊上左掌，恍然大悟般地開口，「難道，剛剛在夜市與怪異動物纏鬥的正是尙恩歐巴嗎？我沒注意！」

「祢也知道？」海熙問，米契爾的住宅離夜市有一小段距離，沒想到動靜傳這麼快嗎？

「是啊，蚵仔煎的阿松在實況轉播啊，我有跟上！尙恩歐巴，你有贏吧？我還DONATE了十束紙錢給阿松。」

「……」原來那群湊熱鬧的地基主們是認眞在實況轉播嗎？

「……」可以不要把人家燒給祢的東西就這麼斗內出去嗎？

無視於嘴角抽搐的海熙和莫尙恩，米契爾自顧自地說起來，「怪異動物很難纏嗎？尙恩歐巴的靈力都失控了？」

一回到剛才的話題，海熙立刻皺起細眉，右手毫不留情地捏著莫尙恩的右臉，「我不是從小就教你不要瞬間使用大量靈力嗎？這種情況打上持久戰，看你怎麼打。」

直到莫尙恩的右頰越來越紅，海熙才放下手，「算了，以突發狀況來說打得還行，但手腳有些生疏，這禮拜跟我打三回。」

「說到戰鬥，翻臉比翻書快。」米契爾小聲咕噥著。

此時，原本一片漆黑的電視突然亮起了白光打斷海熙訓話，接著螢幕出現待機畫面。

「現在爲您插播一則最新消息。」電視上，氣質出衆的女主播神色嚴肅地開口，「今日晚間六點，香榭夜市出現炸彈自殺客。新聞報導，炸彈自殺客於六榭大道引爆炸彈……」

「六榭大道？」海熙不解地看著電視。

「現在爲您帶到現場。」

電視螢幕從女主播切換到街道上，灰黑色的煙霧幾乎佔據了整個畫面，一旁是忙著救援的消防隊，翻倒的牛排餐車此時已燒成黑色的廢鐵。穿著白衣的救護人員也在畫面內忙進忙出，正將一名男子抬上擔架。

「請問您對您丈夫遇到此事情有什麼想法？」一名記者上前，將麥克風遞到跟在擔架旁的婦人面前。

海熙吃驚地轉向莫尙恩，「這不是剛剛那位婦人嗎？」

莫尙恩沒有回話，眉頭皺了幾分。

電視又傳來播報聲：「爲您報導，稍早有位精神異常的自殺炸彈客闖入六榭大道，引爆了炸彈，牛排餐車老闆身受重傷，目前已送醫搶救。」

「太不幸了吧，我們後腳才剛離開，又有自殺炸彈客？」

「嘿，阿松怎麼只直播怪異動物的事情？」米契爾從旁拿出平板電腦，看著螢幕不滿地搔頭，「讓我罵祂！」

「其實也不用……」正當海熙想制止米契爾的舉動時，米契爾早已按下送出鍵。

但沒出五秒，米契爾驚訝地開口，「阿松說，沒有自殺炸彈客，現在直播還開著呢！」

聽到此句話，莫尙恩立刻拿起遙控器，轉到其他頻道。

莫尙恩連轉了好幾台，每一台新聞都在播報著香榭夜市的情況。

「香榭夜市出現駭人炸彈客……」

「香榭夜市牛排攤遭炸彈攻擊！」

「炸彈攻擊造成一男子重傷，妻小精神狀況不穩定……」

「現在爲您帶回稍早的現場畫面，時間爲今晚六點十分……」畫面上，一台藍色的發財車停在角落一隅，人群排著隊準備點餐，老闆與闆娘正忙進忙出準備餐點與出餐，國小的兒子則將吃完的餐具和垃圾放進大水桶裡。

一名黑衣男子闖入了畫面，從男子激動的肢體語言來看，情緒非常高亢，嚇到不少顧客。隨後男子從腰間抓出一顆圓形物體，所有人群失控般地逃離現場。黑衣男子持續大吼大叫，而牛排攤老闆則趕緊將妻小拉回餐車旁。接下來火光閃起，爆炸引起的狂風翻起了餐車將其撞到一旁的電線杆上，再度引起一陣爆炸。

新聞繼續播，「這是當時現場狀況，目前警方和醫護人員都已抵達現場……」

莫尙恩拿出手機，拉出手機的通知，翻到王德維傳給他的訊息：「幹！莫尙恩你在夜市喔！不揪！」

訊息傳來的時間是下午六點零五分。

「六點十分……不對！」海熙看著監視器右下角的時間，隨後猛然抬頭，盯著莫尚恩，「我們那時不是正在車輪餅攤位嗎？」

「如果時間一致，我們也在場啊！」

「這好詭異，這是在報導剛剛夜市的事情嗎？」站在一旁的米契爾也摸不著頭緒，「剛剛阿松的直播不是這樣的。」

「讓我看！」海熙搶過米契爾手上的平板，畫面上是阿松的直播，「大家好，歡迎回到阿松的夜市人生，今天要教導大家……」

海熙直接拉到中後方，「……這家車輪餅有多種口味，旁邊的牛排……喔！天啊！」正用平穩聲音介紹美食的阿松轉爲尖叫，隨後是吵雜的背景聲音，「突發狀況！有東西擊中牛排餐車，是隕石嗎！」

「是我們！」海熙指著畫面中間，當人群都往外逃時，唯有莫尚恩跟海熙往牛排餐車的方向跑。

接著直播畫面便是莫尚恩和海熙經歷過的場景。

「沒錯啊，這才是事情的經過。」海熙茫然地望著莫尚恩跟米契爾。

莫尚恩接過平板，重複看了幾次阿松的直播。接著拿起遙控器，再度轉了幾台新聞頻道。

他無法想出一個結論。

究竟新聞播報的事情是假的，還是他們經歷的才是假象？

「欸，陳家不是去旅行嗎？燈怎麼亮著？」

「眞的耶！還是他們回來了？」

門外，響起了鄰居談話的聲音。

「沒有呀，他們後天才回來。該不會忘記關燈吧？」談話聲越來越近，接著是門把扭動的聲音。

莫尙恩猛然抬起頭，將視線投向門口的同時關掉電視，就連海熙和米契爾都屛住呼吸。

「沒有鎖耶？」

「那先跟他說一下好了，幫他關燈。」

「鄰居要進來了！」米契爾尖叫道，接著躡手躡腳地繞到櫃子旁，藏到窗簾下。

「祢躲什麼啊？這不是祢家嗎！」看著米契爾的舉動，海熙也跟著緊張兮兮地蹲到沙發旁。

……難道祂們忘了凡人是看不到祂們的嗎。雖然感到無語無奈，但莫尚恩可沒閒著，立刻站起身環顧四周，卻見窗戶外都上了鐵窗，沒辦法從窗戶走。

「尚、尚恩歐巴！」一旁的米契爾用氣音叫著，接著比了比樓上，「四樓房間……陽台沒有鐵桿……」

「喀。」聽著門被推開的聲音，莫尚恩立刻閃身進樓梯，輕聲向上爬。

「……祢不是說祢家祢做主，躲在這邊什麼意思……」

「看、看到有人闖進來都會嚇一跳嘛……」

樓下，海熙和米契爾還是在用氣音對話著，而莫尚恩早已輕巧地爬到四樓，從房間外的陽台翻了出去。

六榭大道上，在一條不起眼的防火巷內，有名男子倚靠在電線杆上，望著因「爆炸事件」而前來支援的人力。

男子墨色的瞳孔冷靜地注視著這一切，嘴角掛著若有若無的笑容。黑色緊身服外，銀河色的短披隨著微風輕輕飄動，與腰間上的銀色長布相呼應。

「現在為您更新香榭夜市的爆炸案件……」

聽記者如此說道，男子微微彎腰，單手拖著已死的魔獸轉身進入巷內。
他明明拖著一隻成人大小的生物，卻沒有弄出一點聲響或腳步聲。
之後——
只剩下巷弄的陰影，彷彿未曾有誰經過。

第二章

絢爛的陽光穿透種植於校園內茂盛的樹木，在人行步道上留下跳動的光圈，爲這個早晨添上了幾分暖意。蔚藍色的天空上僅有幾朵靜止的白雲點綴，是個無風的晴朗早晨。

校車魚貫而入駛進校園停車場。

一群群學生從校車上走下，從遠處看像極了遷徙的動物。

有些學生直接跑向美食街搶限量早餐，有些學生則是衝向操場，打算在早自習前先來場籃球鬥牛，有些則是悠閒地朝教室的方向走去。

見車上學生都下車了，掛著「車長」徽章的莫尙恩正檢查有沒有任何東西遺留在車上時，瞥見一名少女還窩在座位上。

莫尙恩走向校車後方，提醒正背著英文單字的女學生，「到校了。」

「喔……好。」戴著黑框眼鏡的女學生蓋起寫滿單字的筆記本，塞進書包。

「01 班壓力眞的很大欸，很常看她讀到都不知道到校了。」對方經過祂身旁時，海熙看了眼對方胸前的班級姓名——普201劉莉櫻。

「感覺臉色好差喔！黑眼圈超重，到底有沒有睡覺啊？」海熙從車窗向外看去，劉莉櫻一下車後，便再度打開筆記本邊走邊讀著。

確認沒有任何物品留在車上，莫尙恩朝司機點了點頭，將臂上的車長徽章取下，放入書包。戴著耳機、提著書包的莫尙恩，跟在某一群學生後方，往校園一角前進。

「昨天阿隍的任務怎麼辦呀？」走在莫尙恩旁邊的海熙一蹦一跳地問著，身上淡藍色的光芒因爲期待而快速閃爍著，「我想吃巧克力聖代！」

「莫、尙、恩！」一陣急呼吼起，從後方衝來的王德維右手一張打算勒住莫尙恩的頸部，「要去咖啡廳啊？」

莫尙恩腳步一轉，輕巧避開王德維的偷襲，繼續向前走。

「欸欸欸你昨天是不是在……」即使撲了空，王德維還是自然熟地走在莫尙恩旁邊。

「幹，聽我說完啦！你昨天是不是偷偷去夜市？」

莫尙恩微微放慢腳步，「香榭夜市？」

「對啊，我昨天也有跟阿正他們一起去……聽說有爆炸耶，還好我們沒逛到那一區。」

王德維心有餘悸地拍著胸膛，而聽到關鍵字的莫尙恩將視線挪了過來，王德維卻自顧自地說起別件事情，「欸，柯亞到底是不是人造人啊？不然他怎麼那麼聰明，而且我那寶貝一靠近柯亞就發光？」

提起那黃色圖騰吊飾，王德維失魂落魄了幾分，「幹……我在藍洋海港的時候弄丟了啦！沒抓好就掉到海裡了……」

「喂，你很無情欸！」看著自顧自走掉的莫尙恩，王德維追了上去，右手擦著從額頭上冒出的汗，「好熱啊，都融化了。」

即使已經適應了刺眼的陽光，莫尙恩還是微瞇著眼睛，反而是身旁的海熙出了聲：「日靈。」

灑落於樓梯平台上的陽光跳動著，接著凝成一尊耀眼的光之人形，朝著莫尙恩跟海熙的方向晃動著光輝。

多數的自然靈爲無型態的樣貌，頂多只能凝聚成人形。不過，有些民間信仰者會將大自然當成信仰在祭拜，久而久之，有了信仰之力後便能凝態成人形。

莫尙恩停下腳步，看著日靈迅速點下頭。

瞥見莫尙恩動作的王德維轉過頭來，「什麼？」

「你幹嘛？」王德維盯著莫尙恩，故作害怕地尖叫，「你、你、又看到什麼不該看的東西嗎？而且既然看得到，為什麼不幫其他人驅魔或是收驚啊，應該很好賺吧！」

莫尙恩向旁望了過去，站在樓梯上的他恰好可以將整座操場納入眼底。

「還是我們去滑草？」王德維指著下方的草地斜坡，雖然一旁有石梯，但不少學生都是直接滑著草地下去。

無視王德維，莫尙恩凝望著下方的草地。一陣微風吹來，綠色的小草像跳波浪舞似的，隨後一名綠色髮絲綁成兩條辮子垂在身後的綠皮膚少女從草地上站起身，向莫尙恩點頭。

莫尙恩回以一個簡單的點頭，也注意到了綠皮膚少女身上的瘀青。

「你相信，萬物都有生靈嗎？」

莫尙恩突然丟出的一句話讓王德維反應不過來，「呃，應該有吧！」

在王德維的眼裡，眼前是廣大的操場，操場中間的草地僅有零星的學生，操場兩側是籃球場和一排茂盛的鳳凰花樹，再更遠一點，則是一個不屬於學校的小魚塭。

當然，在莫尙恩的眼裡也是相同的東西，只是他還多看到了——位於校車停放區旁的鳳凰花樹靈不停咳嗽，遠方小魚塭的水靈無精打采地坐在魚塭打水車上面。

莫尙恩看得到所有靈或魂，也包含鬼魅和諸神。他見到植物靈和動物靈的次數甚至比見到的班上同學還多。

「雖然你說不要亂撿地上的東西，但我那玩意兒眞的超酷的啊！」想到寶貝兒不小心被他掉進海裡，王德維就一臉失落，「圖騰帥到不行，偶爾還會發光，哪裡還可以撿到啊？」

王德維如連珠炮地開口，「搞不好那個是什麼英雄之子的證明……欸，你是不是羨慕我可以撿到這種東西？不過你有陰陽眼到底是不是眞的啦？是眞的吧？」

莫尚恩停下腳步，臉部如人偶般的沒有神情，吐出的話語如寒冰般刺骨，「與你無關，我對你的一切也沒興趣。」

王德維動作一滯，彷彿被冷若冰霜的語氣凍結了。隨後，他又如吃了炸藥般地爆炸，「我也是好心才當你朋友欸！你就是這樣才沒朋友啦！」

聽著這句話，莫尚恩回頭盯著王德維看，墨色的眼眸沒有任何漣漪，彷彿就是單純地將視線放在他身上。

被注視的王德維似乎受不了這難堪的氛圍，轉身走向教學區。

「啊……他好像眞的生氣了。」看著兩人互動的海熙無奈說道，深深嘆了口氣，「你啊，一定要把對你好的人逼走嗎？」

莫尚恩沒有回話，僅是繼續朝咖啡廳邁開步伐。

位於校園內的澄湖咖啡廳主要由餐飲管理科負責經營，店內的甜點零食、飲料醋品也都由學生製作。價格平價，角落一隅更是每個月都換新的背景，讓不少同學都會來取景拍照。

端著巧克力聖代和蔬菜蛋餅的莫尚恩在角落找了個位置，瞄了眼時鐘，離早自習還有半小時。

「我要吃！我要吃！」跟在一旁的海熙迫不及待地晃著身軀，藍色瞳孔中滿是巧克力聖代的倒影。

雖然莫尚恩沒有回應，但見他已經坐直身軀，掛好書包，海熙便愉悅地大喊，「我進去囉！」

海熙歡天喜地地潛入了莫尚恩的身軀。

——沒錯，就是潛入！當海熙進入莫尚恩身軀的同時，莫尚恩則是成了「靈」的狀態，起身離開了他的身軀，飄在一旁。

感受到旁邊緊盯的視線，「莫尚恩」心虛地抬起頭，停下正要將一大匙聖代塞入嘴裡的舉動，改而輕抿幾口，眼底的淡藍色光輝褪去光輝，回到原本的黑色。

而看得見生靈、擁有附靈能力的莫尚恩，則被稱為「附靈師」。

附靈師可以向神靈鬼魅借取力量，並使用祂們的能力，也可以讓神靈鬼魅操控自己的身軀。通常都是向靈力比自己弱的對象提出「附靈」請求，才可保證對自己的身軀還有絕對的控制權。

除非是絕對信任，不然附靈師不會將身軀借給比自身強大的力量，否則若讓另一個力量強行佔據了這附身軀而不還，那沒有身軀的附靈師就成為孤魂野鬼了。

莫尚恩直接讓海熙掌握身軀的控制權，也代表著他們雙方的絕對信任。

瞬間「莫尚恩」眼前的冰淇淋已消失，「他」放下沾著巧克力醬的湯匙，心滿意足地擦了擦嘴。也在那一瞬間，海熙將身軀控制權還給莫尚恩。

同時間，旁邊響起了拉開椅子的聲音。

莫尚恩和海熙抬起頭，眼前是穿著制服的少年，胸前繡著「普201柯亞」，他問：「有人？」

「沒有。」

莫尚恩夾了塊蔬菜蛋餅。

柯亞放下餐盤，外套掛在椅背上，將今日的早報放在桌上。報紙上斗大的標題「悚！香榭夜市爆炸！」，就連坐在對面的莫尚恩都看得一清二楚

「這年頭，神經病多到靠北。」柯亞喝了口美式咖啡，淡淡說了句。

莫尚恩應了聲，繼續嚼著蛋餅。

「柯亞不是住在附近嗎？」反而是海熙顯出興趣，祂右手食指戳著臉頰思考著，「我記得他住在香榭社區？」

雖然莫尚恩沒有將視線投來，但看著對方一滯的動作，海熙立刻心虛地搔著臉，「是阿米說的啦……唉唷，這也不是什麼八卦呀！」

「爆炸？」莫尚恩問著，試著找出一些端倪。

「對，昨天香榭夜市爆炸。」柯亞答道，目光還是放在報紙上，「昨天難得早早結束比賽，結果看到爆炸，機掰咧！」

「他也親眼目睹爆炸了嗎……」海熙雙手摀著臉，搖了搖頭。

莫尚恩對著送上飲料的服務生微微點頭。

「欸，我最近有被跟嗎？」很突然地，柯亞拋出了與上一個話題無關的疑問。

莫尚恩抬起頭默默地盯著柯亞看，黑色的瞳孔在柯亞身旁來回移動，最後收回視線，搖搖頭。

「還是王德維那盧小仔害的？之前總是拿那三小在我身邊繞，當老子香爐？」柯亞有點煩躁地耙了耙頭髮，「每次回家的時候，總覺得被盯著看……或是身邊有吵吵鬧鬧的感覺。」

莫尚恩叉起蛋餅，沾了沾醬油膏，繼續吃他的早餐。

「幹……又有人上吊。」柯亞大力翻著報紙，翻閱聲於空中響起，「這個月第四起了吧，難怪課後輔導全部取消，下課就滾回家待著啊！莫尚恩！」

「柯亞！」提著蘑菇鐵板麵的劉莉櫻手拿自編的英文講義，面無表情地插入話題，將講義遞向柯亞，「第三大題第一題，爲什麼是B？」

「又是這個？」柯亞睨了對方一眼，表情不耐，「不要讀完整篇文章，直接從題目鎖定關鍵字，回文章找同義字或反義字，大部分題目爲原文改寫。」

簡單講解攻略技巧之後，柯亞便收回視線，彷彿身旁無人地繼續吃早餐。

「什麼鬼，誰聽得懂。」海熙一臉茫然。而劉莉櫻似乎也有相同想法，即使聽了解題技巧，還是睜著帶有血絲的雙眼，愣在原地沒有動作。

「Gregarious 跟 social 爲同義字，題目用 gregarious 問哪一段在說明社交的重要性，第二段用 social 來解釋。」

「原來如此……」聽到柯亞進一步的解釋，劉莉櫻這才抽回了講義，從口袋拿出原子筆，將柯亞所說的答題技巧寫上去，「謝謝。」

「他明明可以好好說話的，但出口成髒到底誰敢靠近？不過聽說他最近都沒來上課喔？」

海熙忍不住碎唸，莫尚恩靜靜聽著，跟柯亞一起將餐盤端到自助收拾區。隨後，兩人朝不同方向離去，連道別都沒有，彷彿完全沒有交流似的陌生。

莫尚恩將無線耳機掛回耳上，才回應海熙，說：「他只是在保護自己。至於上課……如果有比賽的話，學校一定找他，讓他忙到沒時間上課。但他若不想要，拒絕就好，反正他的成績絕對能進頂大。」

「是喔？」海熙的注意力瞬間轉向另一邊，手指店內招牌，說：「啊！咖啡廳下個月有抹茶麻糬聖代和冰淇淋耶？我可以都吃嗎？」

感受到莫尚恩投來的威脅視線，海熙驚恐地倒退好幾步，「別別別，老大您別激動，上次不小心讓您得腸胃炎是小的錯！一個禮拜不能吃甜點不如讓我跟白無常出任務！」

進到教室的莫尚恩才剛將書包掛在書桌旁，教室前方就傳來聊天聲，是班上的女同學們。

這群少女們各個上著妝，戴著瞳孔放大片，有些則染燙著頭髮。連本該是寬鬆的制服，也被少女們修改成貼身款式。修改過的水手服造型制服，更是襯出了少女們的身材。

「我昨天在網路上看到一款衣服還不錯欸！」

「欸，曉晴，要不要跟我們一起買衣服呀？」胸前繡著「普 203 林霓琪」的少女開口道。

正在擦黑板、突然被指名的豐腴女孩有點措手不及，傻愣愣地拿著板擦，指著自己，「我嗎？」

「對啊，妳來看看！我覺得這滿適合妳的！」林霓琪熱情地將手機遞過去。

莫尚恩右手撐在臉頰上，肢體沒有任何動作，倒是瞳孔將視線從眼前的課本轉移到前方那群少女，以及曉晴的身上。

任誰來看，都是看到一群少女正在討論最近流行的衣飾，並且熱切地尋找其他同學一起來購買，湊免運。這畫面看似和諧，但——

映入莫尚恩瞳孔的，除了那群身爲班上主流團體的少女外，還有她們的「靈」。人的靈與外貌如出一轍，但是靈所表現出來的舉止，才是人最眞實的想法。

莫尙恩盯著少女們的靈看，舉動與她們表現出來的完全相反。

「我覺得這個頸鍊也很適合曉晴妳唷！」林霓琪稱讚道，但她的靈卻攤著雙手翻了個白眼，露出不耐煩的神情。

「白色好看。」其他少女附和著，不過她們的靈完全沒有將注意力放在這。

「那就白色好了，麻煩妳了。」曉晴的靈，甚至鞠了小幅度的躬。

「今天到貨，這效率很可以！啊！」說到此，林霓琪噘起嘴，看似煩惱地自言自語，「今天要……對吧？但好想趕快拿到喔……」

「不然，我先幫妳們拿貨好嗎？」曉晴說。

少女們蹙著眉頭，相互對視，最後轉向曉晴，「這樣好嗎？」

曉晴點著頭，「可以可以，謝謝妳們找我一起買東西，我家旁邊就是便利商店。」曉晴的靈，也露出笑容。

「那……好，不好意思麻煩妳了喔！」林霓琪吐著舌俏皮說道，她的靈卻是掛著理所當然的笑容，毫無因爲麻煩別人而感到不好意思。

看到這，莫尙恩便轉移了視線。人的言行舉止可以經由後天的訓練隱藏，但是靈的表露卻是最眞實的。

看似熱情活潑的少女們，其實並不如表現出來的那樣。這例子，莫尚恩看過很多了。表裡不一的人隨處可見。

大家看到的，就是身爲主流團體的這群少女們懂得打扮自己，有禮貌又熱心，是群人美心也美的少女們。

「說到晚上……妳們不覺得很可怕嗎！這個月第四起上吊自殺案了……而且都在香榭公園欸，果然那個銅像被詛咒了嗎？」

少女們談論著上吊事件，坐在講桌的王德維看向班上同學，雙手圈在嘴邊朝班上大喊，「欸！晚上阿正家吃豆花，誰要加一？」

被稱爲阿正的同學一愣，接著臉色大變，「幹，下課趕快回家啦！今晚不是要送肉粽？」

見其他同學也大力反對，王德維不屑地哼了聲，「吃個豆花而已。」

「靠夭喔，我家今天七點就關店了，整個商店街都是！」阿正擺了擺手，想要阻止王德維晚上出門的衝動。

「俗辣！」對此，王德維不滿地撇了撇嘴。

「作業抽查！尾數是二號的同學將國文習作交給我！」

聽著副班長在講台說到自己的號碼，莫尚恩避開在教室後方踢球、打羽球的同學們，從後方置物櫃抽出國文習作，準備回座位時眼角餘光剛好瞥到外頭的黑色身影。

莫尚恩站起身再次確認，對面行政大樓的頂樓，的確站著一個人。

這名黑衣男子動也不動注視著莫尚恩這個方向，只有腰間繫著如銀河般的長布隨風飄動。

「咻碰！」

正當莫尚恩想探出窗外，看清爲何對面大樓樓頂站著一名男子時，另一個紅影從他眼前跳出，浮誇地揚開雙手，發出誇張的聲響。莫尚恩雖然沒有任何動作，但黑色的瞳孔已染上藍色光暈，海熙也立刻朝窗邊的方向擺出警戒姿態。

看清楚眼前來者後，瞳孔的藍色光暈立刻褪去，後退了幾步。

「嘤嘤嘤！莫尚恩你好冷淡喔！難道你又腸胃炎了嗎？」身穿紅服，頭戴宰相帽的少年蹲在窗戶上，水汪汪地盯著莫尚恩看。

「大人，請您盡快處理正事。」冷冷的女聲從旁響起。

「難得出來……啊啊啊！」紅衣少年對一旁吐著舌頭，接著腳一滑，直接從窗戶跌下來。

寂靜之中，只剩少年的哀號以及宰相帽滾落的聲響。

「阿隍，你還好嗎？」海熙也晃了過來，俯瞰著倒在地上的少年。

「當然沒事！喔，我的帽子呢？」

「在垃圾桶旁邊，希望您不會覺得那正是您的帽子該去的地方。」一旁的女子則是俐落地躍過窗戶，落進教室內。

身著紅衣頭戴宰相帽的少年與白帽白袍的高挑女子，正是城隍少主以及白無常。

海熙馬上替一臉嚴肅的莫尚恩說，「現在是上課時間欸？」

若是城隍少主單獨出現還是事小，但連勾魂使者白無常也一起來……海熙掃了一下班上同學，神色凝重開口，「祢要帶走誰嗎？」

不等白無常回話，上課鐘聲響起，同學們紛紛在座位坐好。

「這個聲音是什麼？好好聽喔！」城隍少主興奮地用雙拳抵著下巴，「大家都乖乖回到位置耶！如果帶回地府，搞不好生魂就會排隊進十八層地獄了！」

「我去廁所。」莫尚恩攬下衝來後方拿課本的副班長，並將國文習作遞給對方，就走出教室。

「阿煌，祢有事情要跟莫尙恩討論，就跟他出去吧……他現在不方便開口。」海熙手指著已經朝教室前門出去的莫尙恩，並繼續解釋，「這是陽間學習知識的地方。」

「學校嘛，我當然知道，喔喔！這個是？」走沒幾步的城隍少主立刻被左方某位同學的鉛筆盒吸走注意，後方襲來的哭喪棒直挺挺地壓在祂左臉頰上，擠出了嘴邊肉，迫使城隍少主只能繼續向前看、向前走。

「大人，若您有多餘的時間做這些事情，」白無常冷靜地說著，持著哭喪棒的左手使著力，「不如立刻回到地府處理公文。」

「……啊哈哈、莫尙恩——」城隍少主苦哈哈地笑著，雙手揚開朝前門的方向奔去。

「祢一同前來。」白無常轉身朝後方說道，銳利地盯著窗外看，並彈了指。

「我當然——」不等海熙說完，數十根羽毛從白無常張開的掌心竄出，高速衝向窗外，接著將一名魂魄帶進教室內。

見不是在跟自己說話，海熙聳了聳肩，跟在祂們身後晃了出去。

「好酷喔！」踏上頂樓的城隍少主如見到新奇事物的孩童般地蹦蹦跳跳，指著遠方操場上練球的球隊，「那是陽間的運動嗎？」

「對，那叫籃球。」海熙答道，接著轉向城隍少主，「阿煌祢有什麼事情要現在說嗎？」

城隍少主食指與拇指擱在下巴，仰頭思考道，「嗯……」城隍少主又往上看了幾分，隨後重心不穩地重重摔下，宰相帽再度滾走。

見城隍少主的注意力又被轉移，白無常便替對方開口，語意帶有怪罪及不悅，「昨日附靈師失敗的任務，已由我方完成。」祂睨著莫尚恩道，「不要攬下任務卻無法完成，會讓我方花費多餘時間及兵力。」

城隍少主嘗試撈回了宰相帽，身子一轉，黑色的眼珠盯著莫尚恩，「昨天爲什麼中止任務？」

「啊！」

順著驚呼轉過去，是那名跟著白無常身邊的魂魄，由於剛剛那一聲，原本繞在祂身上羽毛一轉，尖銳的羽根立刻對著此魂魄。

「祢是……」

城隍少主擺了擺手，那些原本對準祂的羽毛才再度四處飄著。

「謝謝你保護我家人！」那名魂魄如此說道，並鞠了躬。

「是餐車老闆！」海熙驚呼道。

聽著海熙說道，莫尚恩深吸了一口氣。

「謝謝你，但顯然我還是沒能撐過去……那到底是什麼鬼！」回想起那件事，餐車老闆激動地上前了幾步，「那東西之後會不會去找我妻兒？是不是還有類似的東西存在？」

「萬一……」餐車老闆語音未完，便雙腳一軟地倒了下去。

白無常抽起了插在餐車老闆頸部的羽毛，鬆手的同時羽毛又飄回了半空中。

「你們認識啊？剛好有空所以來找你問昨晚的事情，恰好碰上祂正四處晃，原本想說一起帶回去。」少主指著癱在地上的餐車老闆，「但查明身分後……祂不應該今天死亡啊！祂的陽壽至少到七十歲。白白？」

「嚴格來說是七十六歲，大人。」白無常攤開手上的生死簿，將胸前的烏黑辮子撥到身後。

見所有人都將視線放在自己身上，莫尚恩簡潔地道出昨晚事情的經過，並一字不漏地將魔獸的事情告訴城隍少主。

「魔獸？」雖然第一次聽見這名詞，但城隍少主並沒有露出驚訝的神情，「昨天馬面仔抓回來的那個，就是魔獸魂嗎？」

「少主，還請您別聽信附靈師的胡言亂語，那只是他任務失敗的藉口。」不如同陷入思考的城隍少主，白無常對莫尚恩的說詞嗤之以鼻。

城隍少主看了海熙一眼，而對方則回以堅定的眼神。

「陽壽未盡便死亡的案例，而且死因不詳，藍洋海港無頭屍也是這樣，難道都是那個魔獸下的手嗎？如果又有更多凡人在陽壽盡之前就死亡，會影響秩序呢……」

藍洋海港無頭屍案？莫尚恩皺起眉頭，前陣子也從報上看到這條新聞，似乎是有釣客落水，最後只找到血肉模糊的身軀，頭部和四肢則被暴力扯斷。

「少主，我現在立刻派兵偵查。」

「不。」城隍少主制止白無常的舉動，「如果魔獸殺了祂們，代表魔獸是陽間性質，這樣的確對方我方不利。」

「我可以調查。」

「附靈師，你昨晚並未完成任務，攬下此責的討好態度眞是令人作嘔。」

海熙挑起眉頭，按耐不住的怒火藏在低沉的語氣之中，「祢什麼意思？昨天很明顯有突發狀況，如果他執意執行任務反而讓那東西濫殺無辜，我看祢們冥府怎麼解決！」

「不要吵架啦！」城隍少主拔下宰相帽的串珠，各拿一串給海熙跟白無常，「太好了，萬一秩序大亂就麻煩了。謝謝啦，畢竟那應該是凡間的東西，要神將實體化來處理很耗神力的。」

城隍少主伸出兩根指頭確認道，「昨天總共有兩隻，一隻已死亡且魂魄也在我這。你幫我調查下落不明的那隻，如果還活著就處理掉，也順便查一下牠們怎麼來的，還有魔獸到底是什麼東西。」

「了解。」

「昨晚的任務我就不追究了。啊，然後馬面仔抓來的魔獸魂很不穩定，如果你想來看看也可以。」

白無常轉向城隍少主，「大人，時間到了。」

「喔？要回去了嗎？」城隍少主如洩氣皮球般的沮喪，「陽壽未盡就過世的案子眞的很難審耶……」

白無常喚出羽扇，直接往餐車老闆頭上一甩，無情喝令，「起來。」

「附靈師，若任務再次失敗，我方願意掠過審判讓你入十八層地獄。」

「白白，祢說話很——喔喔喔痛！」原本打算用手肘暗示白無常說話不要如此苛薄的城隍少主，準確無誤撞上白無常的羽扇，如鐵般的羽翼刺得城隍少主直跳腳。

「另外，我方八將軍們都可以接續任務，別以爲這樣能洗清你的罪孽。」

「個人責任個人擔，祢怎麼能要尚恩去承前幾代的罪呢？」城隍少主、白無常和餐車老闆的身影在來回對話中越來越淡，最後消失無蹤。

「……最好不要讓我單獨遇到祂。」海熙咬著牙，藍色眼眸中藏有怒氣，死握著刀柄的右手這才緩緩鬆開。

莫尚恩似乎早已對白無常的冷嘲熱諷司空見慣，僅是確定自己站在攝影機死角。

「有趣。」陌生的男聲從後上方傳來

這一聲的出現使得莫尚恩立刻提高警覺，看向水塔方向的眼神裡藏著閃爍藍光。

「居然完全沒察覺……」海熙也吃了一驚，右手再度按上刀鞘。

穿著全身黑的男子坐在水塔上，左手捲著腰部的銀色長布，右手撐在下巴上，「你跟誰說話？」

「夜鷹。」男子比了比自己，隨後從水塔一躍而下。不可思議的是，從兩、三公尺的水塔躍下的他，沒有發出任何一點落地聲。

「我有你要的答案。」

第三章

夕陽逐漸沉入地平線，橙紅色的光暈染上了周遭白色的雲朵。

路燈閃爍，接著亮起光芒，照亮道路。

一道道半透明的身影在路燈的照耀下緩緩出現，不過，這些身影是常人無法看見的。

莫尙恩沿著街道走著，卽使遇到迎面而來的鬼魂時也不會將視線放在祂們身上，因爲誰都不喜歡被盯著瞧。

經過了各式各樣的商店後，莫尙恩沿著騎樓繼續走，拐了幾個彎後進入小巷，周遭燈光也暗了許多，有些半透明身影跟在他身後。

原本在莫尙恩旁邊的海熙停了下來，一個轉身，左手平舉著光刀刀鞘，末端的流蘇晃動著，淡藍色的光芒如靈蛇般的纏繞於光刀上，帶有警告意味。

莫尙恩靈力不弱，並非隨便一個孤魂野鬼便能侵占的，但若是成功，便是用附靈師的身軀再度在人間生活。因此，不少孤魂野鬼或惡靈嘗試搶奪莫尙恩這具身軀。

見刀身已經出鞘，藍色光芒閃耀如電，孤魂野鬼們才默默地消失在莫尙恩眼前。

海熙將光刀收回刀鞘，問莫尙恩之前聽到的事，「你相信夜鷹說的嗎？」

那名自稱夜鷹的男子，無視他們的疑惑，單刀直入說了起來，「魔獸來自另一個世界。爲了隱瞞這個事實，目擊者都會被竄改記憶或是抹去記憶。但這次魔獸事情不僅有衆多目擊者，還有監視器跟記者。他們用盡大部分的魔力，若還有下一次，他們無法保證能完美隱瞞。」

他又繼續補充，「若是讓你們起疑開始調查，總部的人反而沒辦法好好研究如何回去，所以才會極力隱藏異世界的存在。他們也完全沒想到會有魔獸被傳送過來，有勞你了。以上，這是總部想要傳達的消息。」

海熙婉惜地說，「要不是教官剛好上來，應該可以得到更多情報……他竟然在教官出現時就消失了。」

莫尙恩緊皺著眉頭，若是以往有誰跟他說其實有另一個世界存在，他一定毫不猶豫地回以「謬論」二字。

但也如夜鷹所說，每家新聞台都報著不符合事實的假新聞，因爲「他們」更改了記憶。總部，一群因爲各種原因來到這裡的異世界人的統稱，研究著如何回去原來的世界。

「祢信？」

海熙停下腳步，雙手交握向上一拉，「我一直都有聽過異世界的事情，只是這件事從來沒被證實過。就像是凡人都聽著小織和牛郎的故事長大對吧？但他們從來沒看過小織或牛郎。」

「你很介意異世界？」

莫尚恩想了片刻，說，「魔獸才是問題所在。」

雙手枕在後腦的海熙轉了個圈，說：「也是！畢竟亂殺人就會影響秩序。但夜鷹也說了，那世界的事情先交給他們，我們只需要回報這件事情給阿煌就好了。」

「什麼！竟然有另外一個世界嗎？地科課本沒有說啊！」

海熙和莫尚恩不約而同地轉頭，劉家祖先阿德正拿著筆記本，邊走邊記錄著，一臉驚恐地看著他們兩個。

「地科課本？」海熙疑惑。

「地球科學的上課教材！國三生開始要讀的科目！」

「喔……」海熙拉長了尾音，似懂非懂地點頭。

「這是眞的嗎？所以教育課綱要改了嗎？」阿德緊張兮兮地問。

「不會。」莫尙恩冷淡開口。

「眞、眞的嗎？會不會出在明年會考？」

「唉唷，阿德，祢不用緊張成這樣啦！」海熙拍了拍阿德的肩膀，捏了捏，「負責異世界的傢伙說不會讓凡人知道有異世界，所以根本不會影響到這裡的教育啊。」

「那就好……」阿德放下筆記本，擦了擦汗，「萬一眞有異世界的話，我又得託夢給孩子們了。」

阿德轉向莫尙恩，「附靈師，你認識澄湖的榜首對吧？二年級的那位……很兇的那個，小小李家的孩子，柯什麼……」

「柯亞喔？」海熙問。

「賓果！」阿德雙手舉向夜空，愉悅地揮舞著，「是這樣的，我家姐姐啊，也是普201的，但最近遇到課業上的問題……」

「不要。」

「欸？」阿德一愣，在胸前比劃的雙手停了下來。

海熙上前，抱歉地朝著阿德笑了笑，默默將莫尙恩推走，「阿德，昨晚應該沒出門吧？」

「當然！誰敢出門啊，昨晚的鈴聲好像還在我腦中徘徊……」

「他習慣自己讀書啦哈哈，掰囉。」

才剛走沒幾步，後方冷不防地傳來問句，「要加入總部嗎？若是下次還有類似事件，至少你能在魔獸曝光之前解決掉。」

莫尙恩跟海熙一齊回頭，夜鷹倚靠在電線杆上，夜色般的雙眼直視莫尙恩。

莫尙恩冷漠地注視著夜鷹，空氣之中凝結著滿滿的沉默，之後才緩緩開口，「那什麼東西？怎麼來的？」

「魔獸，魔族的擬人實驗品，擁有智慧、學習力和特殊能力，外貌越像人的等級越高也越危險。至於怎麼來的……意外吧。」

「意外？」莫尙恩完全沒有被夜鷹的說詞說服，反而覺得有點可笑，「那你？」

「爲了追蹤目標來的。但對方用障眼法逃去別的地方，結果我就被騙了過來。」

莫尙恩並沒有立即答覆夜鷹，而是在想如何和城隍少主報備以及後續處理的方式，以及是不是需要跟夜鷹口中「總部」的人見個面？

沉默中，見少年心思已不在此，夜鷹彈了彈指拉回注意，說：「我有私人委託。」

隔天夜晚，明亮的星斗與月亮掛上了夜空。

位於山上的澄湖高中，在夜色中從遠處望去，就像一棟孤寂的城堡。

雖說已經晚上七點多，但澄湖高中每一間教室都亮著燈，偶爾有學生從教室出來裝水或上廁所，甚至趴在欄杆上望著遠處的市區。

澄湖高中每星期二和四，便會要求學生留下來晚自習。

「小老師待會將答案抄在黑板，等等考卷發下去幫忙同學訂正。」班導師將收回來的考卷遞給該科小老師，也在此時，響起了下課鐘聲。

原本安靜的教室，瞬間充滿了蓬勃生氣。剛寫完一輪考卷的學生們有的站起來伸展筋骨，有的硬是要用短短的五分鐘衝美食街，有的聚在一起聊天，當然也有待在座位上的。

「不過我倒是滿好奇夜鷹的委託……你竟然直接拒絕了！」

「沒興趣。」莫尚恩用其他同學聽不到的低聲量回答，拿起水瓶搖了搖，起身走出去裝水。

拿著水瓶，默默排進隊伍後方。前方的少女們手拿馬克杯與巧克力粉，正討論著前幾晚的事情。

「我前天拿著護身符，戴耳機聽整晚的音樂睡覺，覺得好可怕！」林霓琪將巧克力粉倒進馬克杯，心有餘悸地說。

另一名女同學倒是笑得開懷，「不過如果沒送走……又不用晚自習了，哈哈。」

「霓琪，那個……」曉晴走了過來，出聲喚著拿著粉紅色熊熊馬克杯的少女，她手上拿著一條銀製手鍊，上頭吊著花朵吊飾。

「怎麼了嗎？」林霓琪蹙起眉頭疑惑問道，但她的靈，卻露出了看好戲的微笑。

「這條手鍊……太小了。」曉晴吞吞吐吐地說，「我戴不下，而且訂成銀色的了，剛剛也對了一下收據，好像有錢還沒給……」

「咦？真的嗎？」林霓琪驚訝道，「我們去旁邊看一下好嗎？」

「好……不好意思。」

林霓琪將馬克杯放置飲水機上面，對著排在後面的莫尚恩露出笑容，「是尚恩耶！你今天看起來好像很累耶！怎麼了嗎？你晚上應該沒跑出去吧！」

「沒。」莫尚恩視線連動都沒動，更別說正眼望著林霓琪，而這也讓林霓琪險些錯愕。似乎早知道對方會有類似的反應，林霓琪再度露出笑容，「喔，那先給你裝水喔，我去處理下事情。」

莫尙恩回以一個簡單的點頭，按下冰水按鈕，聽著溫度高達三十度的「冰水」沖下的聲音，望了眼走向樓梯口的幾人。

曉晴的靈十分慌張，一臉不知所措，反而林霓琪的靈顯得十分自在，似乎知道下一步該做些什麼，甚至還回頭看了自己，翻了個白眼，嘴裡唸唸有詞，彷彿在說自己不領人情。

裝完水的莫尙恩走回教室，而海熙則是跟著林霓琪等人過去。

沒多久，曉晴率先走了進來，她戴著口罩，看不清楚神情。但對能看到靈的莫尙恩來說，曉晴的表情一覽無遺：懊惱又無助。

不久後，林霓琪拿著泡好的熱巧克力，也跟朋友們走了進來。

「現在的年輕人也太誇張，故意少給錢，自己拿走耳環還栽贓說廠商沒給，要曉晴去聯絡。」邊走回莫尙恩座位時海熙邊搖著頭，雙手環胸道，「那個廠商的聯絡方式還是個空頭帳號，曉晴不論怎麼密都不會有回覆啊！」

「人心險惡。」莫尙恩輕答，語氣沒有任何一絲訝異，彷彿早就知道這群少女的爲人。

「而且林霓琪『故意』塡錯便利商店分店，取貨的那間便利商店離曉晴家超遠的，走路要半小時……」

莫尙恩微微皺眉，視線微微飄向海熙，低聲開口，「她晚上去取貨？」

聽到莫尚恩如此問到，海熙才猛然抬起頭，隨後搖搖頭，「不，好像是因爲太遠，她反而請王德維去取貨。」

莫尚恩抬起頭，望著在前方聊天打屁，說沒幾句就往外走的王德維。

「他應該是八點前取完貨……吧？」

「莫尚恩，外面有人找你喔！」門口同學的呼喚打斷了莫尚恩和海熙的沉思。

走到門口的莫尚恩隨意一望，並沒有在走廊上的同學中看到熟面孔，正當他準備轉回教室時，角落響起了聲音。

「我找你。」一名留著齊瀏海、戴著黑框眼鏡的少女走了過來，即使戴著黑框眼睛也遮不了她的黑眼圈跟疲憊的神態。

「咦！是劉莉櫻。」認出少女的海熙訝異道。

「聽說你看得到啊？我就單刀直入地說了。」劉莉櫻摘下眼鏡，揉了揉眼睛，打了個呵欠，「每天晚上，我都會夢到一個阿伯。」

「從小偶爾就會夢到，但今年幾乎天天夢到。祂每晚出現在我夢裡，我睡不著。」

「找廟方。」莫尚恩淡淡開口，給了建議。

劉莉櫻從口袋拿出藥膏，塗在鼻子周遭提神，「我原本也這麼想，但我覺得祂沒有惡意。」

「你信嗎?祂每晚來教我讀書。也不是教，就是拿著不知道哪來的筆記要給我背，要我醒來後抄到筆記上，持續好幾個月了!」劉莉櫻嘆了口氣，將涼膏收回口袋，「我壓力超大的，我醒著的每一分每一秒都超睏。我連課堂上教的都快聽不進去了，回去睡覺還要再看到課堂上的東西，到底要逼死誰。」

「某次我在夢裡朝祂大吼，叫祂不要再逼我了，結果祂開始哭，說以前就是教育程度不夠，只能當下人被呼來喝去的使喚，所以才這麼希望我能好好讀書。」

「這聽起來……」海熙喃喃自語著，某位矮胖的身影晃入腦海。

莫尚恩微微思考著，最後只給出簡單的建議，「擲筊溝通。」

劉莉櫻嘆了一口長氣，「果然只能這樣嗎……謝啦，我先走了。」

莫尚恩凝視著劉莉櫻的背影，她的靈狀態不會比久臥在床的病人還要好。

「王德維，你剛剛在頂樓幹嘛呀?」其中一名同學摟著王德維的肩膀，從頂樓的階梯走下，拐進了教室。

「不知道欸，好像要去頂樓幹嘛但想不起來。」王德維也一臉困惑。

「啊，你脖子這邊幹嘛?好紅喔，被蟲咬嗎?」

聽著王德維和同學的對話，莫尙恩的視線默默地跟著王德維；而海熙則是望著通往頂樓的樓梯，不發一語。

遠遠望去，燈火通明的城市看起來彷彿一座寶庫，閃著耀眼的光芒，而快速道路則像銀河般環繞周遭，高速行駛的車輛亮起紅色尾燈如流星似地奔馳著。

「終點站，大榭站。」校車打起右方向燈，緩緩停向路邊。

莫尙恩將臂上的車長動徽塞進書包，確認車上都沒人也沒物品遺落在車上之後，跟司機大哥點個頭便下車。

「Goedenavond呀，吃飽了沒！」一下校車的莫尙恩便看到米契爾心急地朝他走來，他從書包拿出耳機，戴上後才打聲招呼。

「尙恩歐巴，出事啦！」

「爲什麼阿米有珍珠紅茶拿鐵！」看到米契爾手上那一杯紅白漸層的飲品，海熙立刻奔了過去。

「小小李跟……什麼？當然是我的家人燒給我的。」話被打斷的米契爾一愣，在海熙衝來的時候刻意抬高了手，讓對方勾不著。

「我要！」海熙雙手腰嘟起了嘴，接著右腳迅雷不及掩耳地朝米契爾的膝蓋一掃，接著趁米契爾步伐不穩時左手按上對方的肩施力一躍，輕巧地奪走米契爾手上的飲料。

「唉呀唉唉……」半倒在地上的米契爾哀號著。

「故宮地頭蛇。」目睹飲料搶劫案的莫尚恩下了句評語。

「我喝一口就好啦。」海熙大笑著，動了動肩膀與四肢，將米契爾拉起來。

「痛啊，下手眞狠。」米契爾哀怨地起身，接過珍珠紅茶拿鐵，「難道祢這樣教育故宮新人嗎？」

「對喲，故宮來了一批新的收藏品。」海熙偏了偏頭，垂於腰際的髮尾晃了晃。

海熙其實是所謂的器物靈。

當一個本身沒有生命的物體吸取足夠的天地精華時，便會逐漸有靈。

海熙的本體爲光之刀刃，古代兵器，故宮博物院的鎭館之寶之一。

「反正菜菜會教啦，教不來的新人再給我打屁股吧！」海熙豪邁地笑著，不負責任地將教育新人的責任丟給另一個鎭館之寶——翠玉白菜。

「NOOOOO！」

被米契爾突如其來的大叫嚇得一愣，海熙急忙澄清，「我才喝一口喔！我沒有喝完！」

「不！」想起事情的米契爾上前抓住莫尙恩的手腕，神色慌張，「小小李跟阿德要打起來了！你來勸架！」

「小小李跟阿德？」海熙也一愣，這什麼組合？

「總之快來！」

夜晚的路上僅有路燈的光芒照耀著馬路，偶爾則會有開著大燈的汽車行駛而過。蜿蜒的道路向上延伸著，彷彿要通往哪個神祕之境。

「小小李怎麼會跟阿德打起來？」路上，海熙摸不著頭緒地跟在米契爾後面，「小小李是香榭社區的……祂們每一位都超有禮貌跟氣質的呀，實在很難想像會跟誰起衝突。」

「因爲阿德之前好幾次想要看小小李家孩子讀書方式，好說歹說終於『參觀』了幾次，但之後就是一直吵著要跟讀，甚至開始抄起小小李家孩子的筆記。」

「其實祂們吵很久了。」米契爾無奈地開口，「一開始小小李都是用說的，阿德也會聽，但後來小小李發現阿德會開始偷偷闖入或偷窺。剛剛小小李撞見阿德又在偷窺，之後就差點打起來。」

「阿松也有直播啦！」米契爾從口袋拿出手機，點了幾下，遞到莫尙恩面前。「現在阿松爲你報導最新戰況，喔喔！阿德朝小小李使出攻擊，吐舌頭之技，攻擊力二十……」

莫尚恩伸出手，按下手機電源鍵，讓原本正播著爭吵畫面的手機瞬間暗掉。

「阿德爲什麼只去煩小小李？」海熙不解地問道，幾乎每一戶人家都有就讀國高中的孩子。

「小小李家孩子是學霸呀！」

「不過，阿德對讀書這件事情，已經走火入魔了吧！」跑在圍牆上的海熙疑惑地偏頭，隨後一個翻身跳到另一段圍牆上。

「是啊，阿德總是說自己當初就是沒錢讀書，只能當下人。如今這幾代經濟終於好轉了，希望後代子孫能好好讀書。」

「啊……」跟著海熙飄上另一層圍牆的米契爾猛然回頭，看見莫尚恩佇立在圍牆旁。

黑色的鐵欄杆大門聳立在前，欄杆後方是一棟一棟歐式建築，宛如城堡般地聳立在鐵欄杆的保護之下。警衛室前的花園種滿了鮮豔的花朵，一些長椅被設置在廣場上，能讓親子互動時有地方休憩。

「不、不然尚恩歐巴你跟警衛叔叔說要來拜訪小小李？」

「跟凡人說拜訪地基主誰會信啊……」海熙吐槽道。

莫尚恩望了望四處，確定監視器的位置之後便來到圍欄的另一側。

「喏。」海熙朝莫尙恩伸出右手。

莫尙恩握上了海熙的右手，在眼底染藍的瞬間，海熙一個轉身，右臂大弧度拉起，直接將莫尙恩甩上空。

「Kidding me！祢以爲祢在丟垃圾嗎！」一旁的米契爾花容失色地大叫。

壓根兒沒想到自己會被當垃圾扔的莫尙恩立刻在空中換了姿勢，一飛入某棟頂樓時便用小跳躍來緩衝落地的衝擊。

「尙恩歐巴放心，社區沒有在頂樓架監視器。」飄上來的米契爾高聲說著，莫尙恩這才收起四處打探的緊繃視線，將視線定在海熙身上。

「啊哈、哈哈，力道好難控制喔！」海熙身體一僵，左看右看就是不敢面對莫尙恩的殺人視線，說：「其實欄杆也不高，以後用靈力自己上來啦！」

「好啦好啦，快快……」米契爾左右手各推著莫尙恩跟海熙向前走去。

其實不用米契爾催促，莫尙恩和海熙早聽到了不遠處傳來的爭執聲。最裡棟的透天厝頂樓圍著不少身影，其餘地基主或祖先似乎想勸架可又不想被捲入戰火之中。

「停！」拉著莫尙恩的米契爾彷彿有了無敵防護罩一樣，直接撞開其他神靈。

「尙恩哥！」小小李像是看到救星一樣，雙眼似乎還含了點淚水，立刻轉身撲向莫尙恩。

「哎，附靈師你來得正好。」阿德也大嘆一口氣，受不了似地雙手一攤，「你評評理，現在高中課業不好讀吧？」

莫尚恩皺了皺眉頭，倒是沒否認。

「看吧。」阿德轉了一圈，看著在場的大家，「大家家裡也有就學的孩子吧？看著孩子爲課業而苦，我們也不好受啊，既然我們能幫點忙，爲什麼不呢？」

「畢竟每個孩子資質都不一樣呀，你家孩子隨便看幾眼就可以考第一名，把筆記分享出來受惠其他孩子不是很好嗎？」

「可、可是……」見其他神靈有些動搖，小小李急得眼淚掉了幾滴。

「乍聽之下很有道理。」一旁的海熙聽了搖著手指，嘖嘖幾聲，「但祢就是恐龍家長，不，是恐龍祖先！」

「這是凡間用語。」海熙雙手環胸，一臉驕傲地站了出來，說：「每家小孩資質不一樣，那爲什麼要逼迫比較笨的小孩考到第一名？本來就做不到的事情，幹嘛硬逼著人家做？」

「我沒有！我家莉櫻哪裡笨了！」被斥責的阿德臉紅了一層，低聲吼道，「大家當然都希望自己家孩子出人頭地啊！祢根本沒有照顧過誰，哪懂我們這些做家長的心情！」

「喂喂，太失禮了吧！」海熙撇了撇嘴，接著拍了拍高自己一顆頭的莫尚恩，「好歹我也是看這小子長大的，好嗎？」

「我倒是覺得尚恩歐巴童年的陰影都來自祢……噗喔！」米契爾在旁咕噥，隨後被一個肘擊打斷發言。

剛突襲完米契爾的海熙，右手食指筆直指向阿德，「小孩子開開心心長大不好嗎？」

「好啊，當然好。」面紅耳赤的阿德大力點頭，「但高中是人生的新階段了，書沒讀好怎麼進好大學，沒有好文憑就找不到好工作啊！」

碰！

地基主、神靈和莫尚恩朝發出聲響的方向看去，頂樓鐵門被推了開來，一名少年黑著臉走出，「莫尚恩，你在我家頂樓幹嘛？」

「出現了！」米契爾再次尖叫，連忙躲到莫尚恩身後，其他神靈也被米契爾的舉動嚇了一跳，默默向後飄了幾步。

「啊！家裡頂樓有裝監視器！」小小李後知後覺地想起來，隨後也緊張地躲到莫尚恩身後。

——所以說祂們什麼時候才記得凡人根本看不見祂們？

在柯亞眼裡，僅有莫尙恩孤單一人站在頂樓中間。

海熙看著走過來的柯亞，「說人人到。」

看著還穿著制服的柯亞，小小李向前了幾步，看起來有些焦慮，「難得早點回來，就該休息呀！」

吵得沸沸揚揚的畫面，因爲柯亞的出現而陷入寂靜。

「別裝沒事了。」捕捉到莫尙恩眼珠動態的柯亞停下腳步，雙手環胸，凶狠的氣勢讓旁邊的地基主又退了一些，「在看誰？這邊還有誰？」

見莫尙恩不說話，柯亞銳利的眼神以莫尙恩爲中心向兩邊掃去。被掃到的地基主們和神靈不自覺哆嗦了一下。

「說話啊！」

「請、請讓我來說明！」小小李緊張地轉身，舉起手，像極了課堂上發問的學生，「我有義務保護我家孩子。」

「既然如此，也讓我說明我家的情況！」阿德也站了出來。

「等等……」見小小李跟阿德都圍了上來，海熙立刻出聲阻止。

「附靈師，身體借我們吧？事情交代完立刻還你。」阿德大力地拍了拍胸口保證。

「到底是怎樣？」

莫尚恩左手按著前額，左右兩邊是吵著要借身軀的小小李跟阿德，前方是等著回覆且不耐煩的柯亞，他被各種聲音包圍著，每一方都在等他的答覆。

「尚恩歐巴現在好像眞的不方便啊！」看出氣氛不對勁的米契爾也上前圓場。而見莫尚恩不願意出借身軀，阿德則是再度和小小李對峙了起來。

「莫尚恩，你別想唬爛我，老子絕對不信你沒事會來這裡！」

最後，莫尚恩抬起頭直望著柯亞，「你家地基主與別家祖靈起了爭執。」

此話一出，原本正吵得不可開交的小小李跟阿德也瞬間安靜。

「啊？三小？」柯亞完全無法理解莫尚恩在說什麼。

「……我們會幫你把風。」海熙對米契爾使了個眼神，並看向阿德、小小李和其他衆神靈，厲聲警告，「這件事，絕、對、不、准、說、出、去！」

此時，莫尚恩的身體晃了一下，腳步也踉蹌了幾步。

「喂，你……」正當柯亞要上前攙扶時，卻因爲見到抬起頭的莫尚恩愣了一下，總是冷著臉的莫尚恩此時表情柔和了許多。

「你好，我是你家的地基主，小小李。」在莫尙恩體內的小小李開口，語氣中透露出了緊張和不自在。

「……」柯亞似乎想說些什麼，但又無法言語，雖然知道莫尙恩能看見祂們，但還是第一次遇到這種事情。

「是這樣的……」

聽完小小李解釋來龍去脈的柯亞看向莫尙恩，只見少年的身軀不自然地一扭，接著又扳正回來，眼神也變了樣，「我是阿德，劉莉櫻的祖先。莉櫻認識吧？」

「我們家莉櫻啊，是用功的好孩子，只可惜最近成績有些停滯不前，既然你讀書這麼輕鬆，能不能把你的筆記借給莉櫻參考？」

柯亞面無表情地看向莫尙恩，彷彿有人正在跟他據理力爭說豬其實會飛，「祢們在爲了老子的筆記在吵架？」

「對，偏偏小小李不答應。」在莫尙恩體內的阿德雙手插腰，無法理解小小李行爲地搖頭，「我可沒打擾到你讀書，我也都是跟在你身邊一起做筆記的。」

單手插腰和站三七步的柯亞再度凸顯了他的氣勢，他雙眼銳利地回看阿德，「書讀不到第一名又怎麼了？」

「沒、沒辦法進頂大的話，沒辦法找到好工作啊！」彷彿被獵食者盯上的獵物，阿德不自覺語帶結巴。

少年聳起雙肩，無法理解阿德的意思，「劉莉櫻的興趣根本就不在這吧？她不是美術班出身的嗎？」

柯亞的回話一時讓阿德語塞，最後阿德還是強硬地回話，「美術根本不能當飯吃，莉櫻應該要進頂大的。」

「愚昧地將自己的理想強灌在她身上，有沒有想過她根本不想要？」

「哪裡不適合？」阿德被說到頸項紅脹，開始解釋，「莉櫻從小就是成績優異的孩子，就是成績優秀才會進到01班不是嗎？代表莉櫻做得到，而我只是從旁協助！」

「祢跟她爸媽一個樣，神經病，上次掉出前五名她爸媽直接殺來學校罵，有想過劉莉櫻的感受嗎？到底關你們屁事，該不會連之後填志願祢都要鬧吧？」

「這倒是不會，她考得上法律或資工。」說到這，阿德露出驕傲的神情。

「考得上又不代表她想讀。」柯亞摀著臉，語氣中透露出滿滿不耐。

「那怎麼可以！」阿德跳了起來，「當然就是要讀法律或是資工系啊！難道她、她還想選美術系嗎？」

在一旁的海熙搖了搖頭，聽不下去地站了出來，「莉櫻有來找莫尚恩，祢有託夢給她吧？她覺得很困擾。祢這樣做，別說提升成績，睡眠不足的她，成績沒一落千丈就謝天謝地了。」

被海熙打臉的阿德情緒激動地大吼大叫，「胡說！我在幫她！」

「直接去問她啊！」柯亞雙手環胸，下巴抬了抬，比著斜對角的住家，「她住那，不是嗎？」

「她要預習微積分，不能打擾她！」阿德右手一揮，立刻反對。

「沒差啊，她現在不是在頂樓放風嗎？」

順著柯亞的視線，大家都將視線投了過去。斜對面的住家頂樓的確站著一名戴著黑框的少女，劉莉櫻伸了伸懶腰。

似乎也看到了站在頂樓的柯亞和莫尚恩，劉莉櫻走向頂樓邊，在頂樓邊邊坐了下來，雙腳懸空著。

「天啊好危險……」小小李摀著胸，不敢直視。而劉莉櫻的舉動也讓在場所有神靈倒抽一口氣。

「幹，劉莉櫻妳幹嘛？」柯亞也神色緊張地上前幾步。

莫尚恩體內的阿德則是直接將雙手圈在嘴邊，「妳不是應該要預習——」話未說完，海熙一個箭步迅速上前，神色嚴肅地將阿德扯出來，另一隻手將莫尚恩靈塞回去。

劉莉櫻皺了皺眉，顯然沒聽清楚，不過她並沒有追問，而是語帶輕鬆的跟兩位少年打聲招呼。

「每次，都好羨慕你的頭腦。」劉莉櫻說著，懸空的腳晃了晃。

「靠北，說三小，要閒話家常先下來！」

無視於對面極力勸阻她離開頂樓的柯亞，劉莉櫻抬起頭望著夜空，空虛地笑了笑，聲音輕柔到只有自己能聽見，「我累了。」

她原本在空中晃動的雙腳踏上了壁面，看向莫尚恩，「我找到方法好好休息了。」

「晚安。」隨後，少女一躍而下。

第四章

夜晚之中，米契爾與莫尚恩並肩走在路燈之下。後方逼近的鳴笛聲讓他們停下腳步，閃著警示燈的救護車從他們身旁呼嘯而過，捲起一陣不安的夜風，隨後消失在前方的轉角。

即使救護車已遠離視線範圍，那讓人心慌的鳴笛聲如夢魘般徘徊不去。

「對不起啊，尚恩歐巴。」米契爾愧疚地開口，有些不敢直視臉色鐵青的海熙跟莫尚恩，「我、我不知道誰還能幫忙，尤其又牽扯到凡人，所以只想得到你了。」

「只要祂們不將這件事情說出去，應該就沒事了。」海熙高站在圍牆上，回頭望了社區一眼，皺著眉頭。

「不會的！」米契爾立刻挺直身軀，右手掌放在眉間，大聲道，「我會再三叮嚀祂們！」

「謝謝。」莫尚恩輕聲道，視線則是望著醫院的方向。

夜風輕掃而過，似乎也順勢截斷了三人的對話，一片沉默瀰漫在他們之中。

「那個……」似乎終於按耐不住憋在心裡的問題，米契爾加快腳步追上他們，但一時之間卻開不了口。

「他不能亂借身軀。」彷彿知道米契爾想問什麼，海熙先開了口，「萬一每個魂魄都想跟他借身體回陽間，陰間秩序會大亂的，地府也會不知道魂魄的動向。當初怕惡靈想掠奪他的身軀做壞事，所以我留了靈力給他自保。而爲了讓這件事情合理化，我們在阿煌面前訂了契約，有了師徒的名目。」

米契爾像是想通什麼地應了聲：「然後祢就藉著尙恩歐巴的身軀去陽間吃遍美食？」

海熙對著米契爾露出迷人的笑容，笑盈盈地按著祂的肩膀，開始施力，「想吃陽間的電線杆嗎？」

「呃，不！那、那尙恩歐巴的朋友知道這件事嗎？」米契爾急忙搖頭，趕緊轉移話題。

「不。」

「凡人不知道嗎？」米契爾不解地戳著下巴，仰著頭思考道，「明明尙恩歐巴是這麼特別的存在，卻隱瞞了身邊所有人？」

「特別嗎？」莫尙恩停下腳步，語氣帶有質疑。

「比起那些有距離感的神明，親民又能接觸人鬼神魂的尙恩歐巴有當上網紅的資質耶！」米契爾雙手枕在後頸，自顧自地向前走。

「你這小子——」海熙轉過身，藍色瞳孔直直凝視著莫尙恩，「不要管那些神怎麼說，你就是你，更不需要嘗試扛起前幾代的責任。」

「——莫尙恩！給老子站住！」

帶著喘息但魄力十足的大吼從後方響起，打斷了對話。一追上莫尙恩，柯亞立刻揪著少年的衣領，惡狠狠地瞪著，「給老子把話說清楚！」

「你家地基主與別家祖靈起了爭執。」即使被人揪著，莫尙恩的聲音依然靜如止水。

「幹，我才不是問這個。」柯亞鬆開了莫尙恩的衣領，而後者則是如同什麼都沒發生地整理領子。

「你他媽能讓鬼附身？」柯亞環視著莫尙恩周遭，震懾力不禁讓米契爾抖了一下，「該不會現在這邊也聚集一堆東西吧！」

「祂們是神靈。」莫尙恩沒有回答柯亞的問題，倒是糾正了一番。

「祢覺得我現在直接搶他身用靈力逃跑如何？」海熙則是與米契爾討論逃跑戰術。

「但這是尙恩歐巴的同學吧？逃過今晚明後天還是會在學校被追問的吧？他看起來比

剛剛還可怕！」

「好像也是……」海熙懊惱地捲著髮尾，皺著眉頭。

「你到底是誰。」柯亞逼問著。

「附靈師。」

莫尚恩的回覆讓海熙跟米契爾一愣，而莫尚恩則是看向祂們兩個，彷彿早就料到會有這一天，語氣平淡地說：「柯亞不會說出去。」

「幹，這邊又有誰啦！」當知道身邊眞的有看不見的東西時，柯亞有些崩潰。

「附靈師能接觸……」無視心情五味雜陳的柯亞，莫尚恩直接開始說明。

米契爾立刻將海熙拉到一旁，擔心地耳語，「這樣子沒問題嗎？」

「他知道自己在做什麼。」海熙看上去倒是沒有太擔心，「除非借神之名行不法之事或是用神靈力胡作非爲，不然附靈師的存在對凡人並沒有什麼影響。」

見米契爾依然面帶擔憂，海熙繼續解釋，「附靈師是能容納神邪靈之力的容器，雖然也能強硬將凡人的魂魄塞進自己的身軀，但不會得到任何能力，因爲都是凡人。所以附靈師的存在只會影響到神界或是惡靈。」

米契爾還是不認同，「但是……這一區的地基主幾乎都知道尙恩歐巴是附靈師，這樣洩漏尚恩歐巴的身分好嗎？不會引來惡靈嗎？」

海熙點點頭，「祂們是我們的眼線，雖然祂們平常跟莫尚恩都沒交集，但也有被交代，如果看到他不對勁或是可疑東西跟他交談，要立刻呈報。也爲了不要讓惡靈輕舉妄動，我們刻意將附靈師身邊有神靈跟著的消息散播出去。」

米契爾依然皺著眉頭，但並沒有多說些什麼。

聽完莫尚恩簡單解釋後，柯亞似乎喪失了語言能力，嘴動了許久才吐出話語，「……幹，這三小動漫主角的存在。」

知道事情原委的柯亞沒有再追問任何事情，僅是皺著眉頭抓了抓頭髮，隨後轉身走回社區，背對莫尚恩揚了揚手，「我不會說的。」

「嗯。」

「這樣應該是……和平落幕吧？」米契爾看著柯亞離去的背影，心中的擔憂也散去了些，「心情一放鬆肚子就餓了，我嘴也好渴喔！尚恩歐巴！」

「祢這傢伙……」海熙毫不留情地掐著米契爾的肚子，後者立刻吃痛地逃去一旁。

「回家喝水。」

「拜託嘛！尚恩歐巴，聽說二十四小時不打烊的便利商店推出新的手搖飲料呢！好像是珍珠奶茶耶！」原本正逃離海熙的米契爾一個折返將臉湊在莫尚恩面前，可憐兮兮道。
「說我翻臉比翻書快，祢這變臉才是世界級的。」
「祢喝過了。」莫尚恩無情地拒絕。
「可是我們外國人就是想喝珍珠奶茶呀，你們土生土長每天喝，不懂啦！」
等等，到底誰才是土生土長？祂可是從荷蘭時期就在的耶！
莫尚恩輕嘆了一口氣，「下次。回家吧。」
「YES,SIR 喔。」米契爾伸出右手，拇指與食指第一關節相觸，另外三指握起，對著莫尚恩比了個愛心，「撒郎黑唷，尚恩歐巴。」
「下次見！」海熙朝著往另一個方向去的米契爾大力揮手。
燈光閃過，一輛黑色轎車疾駛而來，在十字路口大弧度過彎，刺耳的抓地聲響起。
「哇，雖然現在晚上，但萬一撞到——」海熙話語未完，前方響起連續喇叭聲，最後是一陣急煞。
海熙立刻朝莫尚恩使眼色，後者依然皺著眉頭，但腳步加快了不少。
「猴死囡仔佇咧路頂傱，是趕投胎呢！」
當莫尚恩跟海熙到達時，只聽到拉下窗戶的駕駛大罵幾句，隨後向旁一繞加速離去。

看著站在馬路中間的王德維，莫尚恩立刻上前將對方推回路邊。

王德維眨了眨眼睛，看到莫尚恩站在自己面前後皺起眉頭，語氣極差，「幹嘛，不是說你的一切跟我無關嗎，我的一切也關你屁事喔！」

「去廟裡。」莫尚恩簡單吐出三個字。

王德維無視莫尚恩且轉身就走，海熙在旁說：「我先跟他去好了，感覺只是隨便找人跟著，看到我應該就會退了。」

海熙制止了莫尚恩想要跟上的腳步，看著王德維轉入前方路口，說：「他還在氣頭上，看到你搞不好會吵起來。我去去就回，你先回家休息。」

莫尚恩沉默了會，但也認同海熙所說，點點頭後便朝回家方向走去。

一路思考著之前遇到的事，眼角瞥到藍光的莫尚恩停下腳步，向後看去——瞬間，瞳孔睜大。

一道藍光從遠處民宅升起，若不經意瞥去，會以爲那是下一秒綻放於夜空的藍色煙火。然而，那光輝並沒有像煙火般地炸開與消逝，而是如信號彈地維持在原處，閃著光輝。

見到那道藍光的瞬間，莫尚恩毫不猶豫地轉身，臉色凝重地往藍光處跑去。

那是海熙發出的信號。

——「欸？你就是阿隍說的附靈師？原來是毛都沒長齊的小毛頭呢！」海熙彎下腰，左看右看年約六歲的莫尚恩，伸手揉亂男孩的黑色髮絲。

——年幼的莫尚恩拍開海熙的手，皺起眉頭，「走開。」

——「唉唷，很兇餒。看你面對來討伐你的神兵將領，還敢不敢說這種話。」海熙站起身，甩了甩及腰的馬尾，一臉苦惱，「阿隍真是……算了，跟我走吧！」

——「不要。」

——「你應該什麼都還不知道吧，真可憐！給你選擇，現在自己用腳走，還是被我拖在地上走？」

海熙是故宮博物院的鎮館之寶器物靈，不僅靈力並不亞於那些受人信仰的神祇，本體是武器的祂更善於打鬥，本領也不會輸給其他神將。

初次見到海熙的情景閃過腦中。跟著王德維的「祂」，連海熙都應付不來嗎？

莫尚恩望著終於近在咫尺的藍色光輝，今晚的街道似乎與平日一樣，但又有一絲絲不對勁。

地基主並沒有像以往在家門口閒話家常。

才這麼思考著，莫尙恩瞬間感到一股莫大的壓力。彷彿在深海裡，連呼吸都很困難，四肢沉重無比，心跳也快了許多，不僅如此，襲來的強烈頭痛跟耳鳴也讓他喘不過氣。

莫尙恩深吸一口氣，原本沉靜體內的靈力開始流動，這才讓情況好轉。

與此同時，一波怨氣從前方民宅湧出，如大量潮水般襲來。感到不妙的莫尙恩立刻箭步上前。

推門民宅鐵門後的景色讓莫尙恩瞪大了眼睛。

不等他將眼前狼藉的客廳景象一一納入眼裡，莫尙恩抓起茶几上的名片，於名片上附上靈力，朝前方投射出去。

名片不偏不倚地截斷從樑柱吊下來的繩索，原本吊在半空中的王德維如斷線人偶，重重落地。

原本正站在高板凳上，想要將繩索剪斷的王德維妹妹嚇到花容失色，僵硬地轉過身。

「剪斷繩子。」莫尙恩下達指令後，右手放在身後，手指凝聚靈力，迅速畫了一個符號，隨後立即關上門。

「剪不斷……」

進屋的莫尚恩立刻接過妹妹手上的剪刀，讓靈力覆蓋在剪刀上，這才剪斷了繞在王德維頸上的繩索。

——繩索上繞著重重怨氣。

莫尚恩摸著王德維的脈搏，微微鬆了一口氣。

「還有其他人在嗎？」

「爸爸媽媽在樓上……」

莫尚恩快速地掃視了一下環境，「發生什麼事？」

「剛剛……」妹妹深吸了一口氣，哽咽著說：「從外面回來的哥哥變得很不像哥哥，拿到繩子後就一直想要自殺。後來換媽媽變得不對勁，尖叫衝上樓後，爸爸也跟了上去，結果哥哥又自己動起來了……」

「找陳法師。」莫尚恩蹲下來，凝視著妹妹一字一句說道，「今晚要送肉粽。」

「……好。」妹妹點點頭，雖然嘴唇跟四肢都在顫抖著，但還是開了門立刻出去。

莫尚恩將王德維扛到隔壁房間的沙發上，在他額上畫符號後便立刻奔上樓梯，推開了亮著燈光的房門。

王家父母瑟瑟發抖地躲在一旁，王阿姨臉色泛白，身上有多處紅腫抓痕，眼角也還留有兩道血淚。相較之下王叔叔並沒有明顯外傷，但臉色十分疲倦，身體不停抽蓄著。

忽然間，身後逼來陰森寒氣，莫尚恩連忙向左一閃，背部撞上了木製衣櫃。而祂則是趁著這個機會，乾枯如爪的雙手緊掐上莫尚恩的脖子，這一抓又再度讓莫尚恩感受到深海般的窒息。

莫尚恩眉頭一皺，連忙讓體內更多的靈力活絡起來，淡藍色的瞳孔倒映著那駭人面孔。祂因為莫尚恩的變化而愣了一下，接著連忙向後一晃，躲開莫尚恩的攻擊。

莫尚恩緩緩退到王阿姨跟王叔叔的身邊，問：「還好嗎？」

「她、她……」王叔叔緊緊握著阿姨的手，視線在莫尚恩跟王阿姨身上來回。

「見鬼了……」王阿姨則是驚魂未定地喃喃自語，「德維、德妘……」

「還以為只是孤魂野鬼，沒想到竟然藏得這麼好……」海熙也退到莫尚恩身旁。

莫尚恩看著站在角落的祂，黑色長髮披在身後，充滿怨念的血色瞳孔瞪大著，嘴角勾起詭異的角度，「原來是我朝思暮想的附靈師呀，是個年輕的可愛孩子！」

「已經請法師來了。」莫尚恩低聲告知王阿姨和王叔叔。

「德、德維跟……德妘……」

血色瞳孔轉移到莫尚恩身上，「附靈師，身體借我吧！你也知道那些自視甚高的神怎麼待你的。讓我助你一臂之力……」

海熙神情嚴肅，出鞘的光刀刀尖垂地，握著光刀的右手有些顫抖。

「而祢！爲什麼要阻止我？」祂低吼，雙手環抱著，尖銳的指甲刺進自己的手臂，抓出一條條傷痕。

海熙默默將光刀插回刀鞘，不發一語。

祂抬起頭，血色瞳孔望著海熙，咬牙切齒道，「祢非神將……憑什麼、憑什麼來搗亂？」

「受傷？」察覺到海熙的不對勁，莫尚恩將視線投了過去，用嘴型問道，但海熙並沒有回應。

「不公平、不公平……」祂渾身顫抖著，兩道血淚從凹陷的眼中流下，滴落在地。

「所有人都背叛我！」

隨後，吊燈發出的暖色光暈閃了幾下，房間立刻陷入一片漆黑。王阿姨再度放聲尖叫。

海熙抬起手，藍色光輝從祂掌心中飄起，照亮四周，彷彿一條淡藍色銀河。祂望著莫尚恩，想說些什麼但卻難以開口。

「現在不是時候……但我記住你了，附靈師……」留下這句話，祂的身影已消失。

下一秒，宛如爆炸的鞭炮聲響起。

這一炸，一陣尖銳淒涼的聲響從樓下傳來。伴隨著法器聲，身著朱紅色官服、頭戴烏紗帽的高大身影在門口踏著獨特的步伐，雙手舞著劍和笏。祂相貌豹頭虎面、鷹鼻鯨口，額上有蝙蝠圖騰，臉上大把虯髯，十分威武果敢。

而數名穿肚兜的「小法」法師正做著小科儀。祂恰好站在客廳中間，面目猙獰卻恐懼地望著外頭。海熙和莫尚恩從房門探出頭，緊緊盯著在場的參與者，見都是有經驗的法師時才稍稍將視線轉回「鍾馗」身上。

莫尚恩回房安撫王家夫婦後，便從二樓的書房的窗戶向外望，外頭站著好幾名身著全黑的儀式人員，以及數名做著儀式的法師。

但是，莫尚恩感到心臟重重地跳了一下，滿滿的不安充斥著全身——現場，沒有任何神明神將。

送肉粽是得預先準備的，並且會請神將神兵來坐鎮以防萬一。但這次……或許是太臨時，來不及請到神將來。

而「跳鍾馗」有兩種方式：一種是由道士親自扮演鍾馗，另一種爲操弄鍾馗魁儡。相較於後者，前者風險大了許多——爲了讓捉鬼過程順利，在「跳鍾馗」中嚴禁喊出道士的名字，若是讓祂們識破這並非鍾馗本神，事態會非常嚴重。

所以，若是有不懂儀式過程的參與者無意間喊出道士的名字，會讓此道士惹禍上身，甚至喪命。

此外，跳鍾馗時煞氣重，非必要勿逗留現場，即使留下，也得配戴護身符。

現在，沒有任何神將在場的情況下，莫尚恩只希望儀式能一切順利。

而被困在繩索下的祂仰起頭，從啜泣到嚎啕大哭，就算哭聲刺耳發毛，鍾馗與法師都不爲所動，讓儀式繼續進行。

鍾馗左手抓著鵝的雙腳，右手按著鵝頭，即使白鵝拍打著翅膀掙扎仍繼續舞著。而另一名法師則將一截梁柱、吊在梁柱上的繩索以及草人紙人放進麻布袋裡，束起後貼上好幾張符咒。

法師將此麻布袋拿到外面的推車上。而祂的頭就這樣側擺著，肢體僵硬地動起來，扭曲著身軀被迫走向外頭，垂放在兩側的雙手抽蓄著。

震耳欲聾的鞭炮聲蓋住了祂的悲鳴。

見鍾馗及其他法師都逐漸朝外走，莫尙恩也輕巧下樓。莫尙恩開了旁邊房間的門，從小縫中看去，倒在沙發上的王德維看起來睡得十分香甜，額上的符號發出淡淡的藍光，微微籠罩著他。

鞭炮聲、法器聲鑼鼓喧天，而周遭的每一戶則是門窗緊閉，貼著符令，一旁的掃帚倒著放。

夜空之中，僅有鞭炮和鈴聲的聲響。

儀式隊伍開始朝海邊前行，推著推車的人員走在最前頭，將煞壓在隊伍最前端。祂步伐踉蹌地走著，消瘦的身軀顫抖著，多次想停下腳步卻因朝自己襲來的草龍跟法器而被迫繼續走，血淚一滴滴落在地上。

金色的冥紙在黑夜之中飛舞，彷佛爲儀式隊伍鋪上金黃色的步道。紅色的魁武身影走在鞭炮燃起的煙霧之中，則顯得氣勢磅礴。鍾馗走在後頭，腳踩七星步，腰間配帶鍾馗劍及手持紙傘。左側人員替他撐著傘面貼上符咒的黑雨傘；右方人員則手舉黑令旗。穿著肚兜的法師舞著法器，法器劃破夜空的聲響傳來，每一揮每一甩都飽含力道。另一名法師則是大力甩著燒著火焰的草龍，草龍兩端都綁著冥紙，草龍擊上地面的瞬間響起了紮實的聲響以嚇阻鬼煞。

隊伍之中，有的撒鹽米，有的敲鑼打鼓，有的放響鞭炮，也有兩位人員拿著掃把，他們會一路掃到海邊，象徵「掃煞」，而經過念咒的的鹽米則成了金子彈，可以拿來打煞氣。隊伍的每一位都頭綁符咒也各司其職著，這全都是爲了讓儀式順利進行，送走充滿怨念的祂。

連綿不絕的鞭炮聲表示驅邪止煞，也告知著鄰居厝邊嚴禁外出或是偷窺。若住家在送肉粽的沿途路上，家裡的門窗得是緊緊關著，避免鬼魂趁虛而入及煞氣竄入家中。

今晚沒有任何星辰，連月亮都藏進了雲層中。

送肉粽的隊伍在路燈的照耀下朝著海邊前進。

這是「香榭市」的特殊儀式。

若是有人上吊輕生且帶有強烈怨氣，當地人會在夜晚引領著怨氣極深的鬼魅到海邊或是河流的出海口，以達驅邪除煞之效。

爲了送走鬼魅，當地居民會組成一支儀式隊伍，在儀式隊伍行走前，會先在當地的新聞台、網路平台、甚至是報章雜誌上預告行走路線，請當地居民在夜晚時段，避開這些路口。

若是眞不幸遇上了，必須跟在隊伍後面，直到儀式完成。

然而，祂前幾次都沒有成功被送走，所以依然在尋找交替者。

這次送肉粽的時間非常急迫，畢竟誰都沒想到，祂竟然還附在一名高中生身上。

雖然時間急迫，但道士跟法師還是及時完成開壇——只要祂沒發現他們並非眞實神將神兵，就不會出事了。

儀式，會順利完成的。

此時，海熙按住莫尙恩的肩膀，強硬地讓他停下腳步。

看著莫尙恩回視的神情，海熙欲言又止，最後才緩緩開口，「我一開始就不該阻止祂的。若王德維眞的該命喪於此，那等於我違反了陰間的秩序，我延長了王德維的壽命。」

「破壞秩序的神靈，都會受到制裁。白無常或反附靈師的將領恐怕會趁機大作文章。這局沒有神兵神將，若是有個萬一，你不要出手。」

海熙的這一番話如震撼彈般的，莫尙恩感到自己彷彿正浸泡在冰冷的海水中，無法思考。

「趕上了！」後方，傳來了王德維的聲音。

莫尙恩和海熙感到不明地回頭，只見王德維站在後方不遠處打了個呵欠，手指著儀式隊伍，身旁跟了名身形高大的男子。

「有神力的人族嗎？」男子摩娑著下巴，隨後大步向前。

「喂喂，不能隨便闖入儀式啊！儀式不能被打斷！」王德維嘗試阻止，但男子早已走進隊伍後方。

掠過莫尙恩時，晚風吹起，捲起男子空蕩蕩的左袖子——袖子的部分空無一物。

而闖入儀式隊伍的男子則打亂了秩序，小法法師們立刻圍了上去，嚴厲止下男子的腳步。男子新奇地盯著法師們，左手朝其中一名法師拍去——受到拍擊的法師撞上一旁的住家圍牆，隨後失去意識地滑落於地。

「他是誰？」

見莫尙恩充滿警戒的眼神，王德維支支吾吾地回道，「我、我一出家門就遇到他，他問我神的東東，我以爲他是工作人員，正、在找儀式隊伍……」

「太弱了吧？這確定有神力嗎？」男子困擾地抓了抓頭，隨後將目標定向穿著朱紅色官服的身影。

而被法師們趕在前頭的祂也察覺不對勁地轉了過來，接著露出扭曲的笑容。

原本拉著推車的人員腳步一滯，推車文風不動，彷彿有股無形力量在對抗拉扯著。

場面開始混亂，有些人前去照顧失去意識的法師，有些人圍上男子。拿著法器和草龍的法師們則是立刻圍到推車旁，朝著推車揮舞著手上的法器，並大聲喝咒著。

此時的祂，即使法器在祂身上留下一道道傷痕，祂也無視於落在身上的疼痛，正佇立在原地，血色的眼睛死死盯著鍾馗看。

莫尚恩看了開始有所動作的惡靈一眼，卻因爲海熙的警告無法出手。

鍾馗不得不停下七星步，右手拔出鍾馗劍，左手抓著數張符咒，朝推車掃以一橫劈。

鍾馗劍劈下的風壓削過祂的臉頰，留下傷痕，鮮血滾滾流出。

祂，邁開了步伐。即使要走向朝祂鞭來的草龍，即使零星的火花於祂身上燃起，祂還是一步步向後走，走向鍾馗。

原本停在原地的推車大力動了一下，接著緩緩向後退去，這使得場面更加混亂。

接著，烏紗帽被人從後方拿起，充滿好奇的聲音響起，「你看起來是這邊最有神力的？」

瞧見鍾馗的烏紗帽被人拿起的滑稽畫面，祂毫不留情地放聲尖笑，紅色瞳孔閃過一絲戮光，「假的、是假的……」

高聲尖笑伴隨著一股怨氣以祂爲中心炸了開來，被捲入怨氣的所有人雙腳一軟，毫無還手之力的倒地。

「附靈師，來吧！讓那些神後悔祂們怎麼對你的……」

不明所以，只見所有人突如其來失去意識的男子將烏紗帽扔回鍾馗身上，他蹲下身，人類的五指瞬間化成利爪刺入鍾馗的右胸，男子舔了舔湧出來的鮮血，依然皺著眉頭不滿道，「完全不像是有神力的人族啊？」

霎時，散發藍光的踢擊重重襲上男子的頭顱，將男子踢飛出去。

「這個味道……」半卡進電線杆的男子興奮地將口中的血和碎牙吐掉，臉上的皮膚褪成鐵片，他將利爪從柏油路裡拔起，甩開碎石，「是上次那該死的傢伙。」

莫尚恩全神貫注地盯著男子，也立刻拉遠與惡靈的距離。

「竟然是牠……」眼前男子逐漸褪去人類外貌，回復成半人半獸的模樣，海熙才認出眼前的魔獸。

「聽說吃了有神力的人族能變強，原來你就是有神力的人啊！的確，這一擊比他們強太多了。」魔獸舔了舔嘴唇，右腳一蹬飛身躍向莫尚恩，後者迅速趴下避開攻擊，並讓靈力活動於全身，身手矯健地連續躲開接下來的追擊。

「想對附靈師出手？」海熙身子一轉蹬步到惡靈面前，藉著迴旋之力重重扣上惡靈的下巴，毫不留情地將其壓制在地。

「剛剛的情況我的確無權出手。」無視乾嘔掙扎的惡靈，海熙一腳踩在惡靈身上，右手的光刀抵在惡靈頸上，露出笑容，「但想對附靈師出手的惡靈就另當別論了。」

「住、住手喔啊啊啊啊！」就在魔獸跟莫尙恩的攻守進入膠著時，充滿驚慌的大叫聲加入戰局，接著一道身影闖了進來。

王德維沒頭沒腦闖入戰局則是讓雙方立刻跳離原地，額上逐漸消失的藍光替他擋住了剛剛的怨氣。魔獸用帶有趣味的眼光掃視著王德維——王德維持著鍾馗劍，雙手劇烈顫抖到鍾魁劍隨時就會掉落於地。

「你幹什麼？」不同於魔獸看好戲的心態，莫尙恩墨色瞳孔中少見的帶有怒意，「離開！」

「這、這是什麼鬼……爲、爲什麼大家都昏倒了！」王德維奮力吞了口口水，無法克制自己因恐懼而顫抖，「我、我……怎麼能讓你一個人耍、耍帥！」

魔獸則是大笑了好幾聲，「連劍都握不穩，眞是有勇無謀的笨蛋。」接著再度將目光轉到莫尙恩身上，似乎在盤算什麼。

正當在魔獸出神思考時，莫尙恩則盯著路邊的鞭炮和王德維手上的鍾馗劍。接著，震耳欲聾的鞭炮聲炸起，燃起一陣陣煙霧。

「嘖。」見兩人的身影都被煙霧埋沒，魔獸不悅地觀察四周，接著勾起笑容，利爪往左方一掃——

「現在！」耀眼的光輝閃起，讓原本欲斬斷頸部的利爪頓了一秒，而這一秒的空隙已足以讓另一邊的少年趁亂行動。

「幹、莫尚恩，我恨你……」王德維此時正屁滾尿流地跪倒在地，手上的鍾馗劍早已變成用完的鞭炮，欲哭無淚地閉眼唱起佛經。

然而，緊閉雙眼的王德維仍感到腳邊似乎有東西滾過來，不禁一面暗自祈禱一切安好，一面怯怯地睜開雙眼……

第五章

月亮從雲層中溜了出來，皎潔的月色灑落在深藍色的海洋上，遠處看過去，像極了一條由海上通往月亮的銀白色道路。

海岸邊燃燒著赤紅色的熊熊火光，貼著符咒的白色麻布袋在夜空畫出一道弧形，掉入海中。

坐在遠處岩石上的莫尚恩看著大火旁的儀式隊伍，聽著響徹天的鞭炮聲，靜靜地坐在藍洋海港邊。

不遠方是緊掐著惡靈的白無常，跟銬著魔獸魂魄的馬將軍。

海熙看著一切，嘴角都快垂到岩石上，說：「又是惡靈又是魔獸，今晚太熱鬧了吧！」

「欸幹，我幫你解決掉那東西欸！」高站在岩石上的王德維得意洋洋開口，難以想像半小時前他的淚與鼻涕還在臉上放縱，「媽的，我眞的以爲我要死了，都做好原地往生的準備了。」

「當誘餌眞的人生一次就夠了。不過那到底是什麼啦？夭壽喔！他不是一開始是好好的人嗎？幹！被那個爪子打到眞的會死人！」王德維無論怎麼想都想不透。

即使如此，莫尙恩還是沒有給予回應。

沉默一陣子後，王德維困惑地看著黑色海面，「我其實知道你有陰陽眼，可是……好像遠超出我能想像的。剛剛那是厲鬼嗎？」

似乎知道莫尙恩會回答什麼，王德維搶在他開口前嚴厲指向對方，繼續說：「不要說什麼與我無關，我剛剛完全被捲入了耶！怎麼與我無關？你該不會什麼都不肯說吧？我們剛剛共患難成那樣！」

「這是爲你好。」

聽到莫尙恩的回答，王德維著實感到失望。

「算了。」不像先前的爆氣，王德維哼了聲，滑下岩石大聲宣布，「總有一天我會知道的，你別想自己耍帥！還有，如果在這撿到我的寶貝，不准自己藏起來。」

看著王德維離去的背影，海熙微微一笑，「那句話的意思，是不要什麼都自己扛吧？」

海熙比了比另一邊的海岸，「都到這了，拜訪一下藍洋爺吧。」

藍洋爺是藍洋海港的海洋靈，本體也是淺藍色，特別的是藍洋爺的靈體會隨著天氣轉變色彩，從天空的淺藍色到湖水般的藍綠色，美不勝收。

雙腳踩進柔軟的沙灘，留下了一串的足跡。在這種深夜時刻，沒有任何遊客，唯有浪潮、枝葉摩擦出來的聲響，以及夜風的呼嘯聲。

「祢是誰？」一旁的沙靈皺著眉頭，斜眼看著海熙，也打量著莫尙恩，最後不屑地撇開頭，「呿，人類，萬物亂源。」

卽使對方惡言相向，海熙還是好聲好氣地打了招呼，並稍稍介紹一番。

沙靈挑起眉頭，興師問罪似的，說，「附靈師，生態都被破壞成這樣，你不該做點什麼嗎？你可是唯一能接觸到陰陽兩界的人欸！人類只顧著自己，有沒有想過自私行爲都要把靈給逼死了？越來越多靈，因爲環境被破壞而消失了。爲什麼人類與靈不能像陰陽兩界一樣各過各的，我們爲什麼要承擔你們的所做所爲？」

聽著沙靈的飆罵，海熙望著默默承受的莫尙恩——明明他也是假日都花時間淨灘的，但個人努力總比不上旁人隨處亂扔的習慣。只能看著環境繼續被破壞，幫不了逐漸消失的生靈們。

原本平穩的海浪起了變化，一波浪潮拍擊沙灘。

「我又沒說錯！」沙靈不甘地後退了幾步，嘟起嘴。

「囡仔，附靈師有約束在身，個袂當插手靈魂抑是魂魄的代誌……明明伸手會到，煞無能爲力，這才是上蓋無奈的矣……」緩緩沖上沙灘的海浪捲了起來，化成一名拄著拐杖的老者，「眞久不見，少年……」

而在看清楚藍洋爺時，莫尙恩覺得好像有隻手緊捏著他的心臟，呼吸變得急促。

印象中藍洋爺是帶著禮帽、身著西裝的健勇老者。但如今，爺爺身上的色澤成了死氣的墨黑，頭上的禮帽被垃圾袋蓋住、腳上卡著破洞的紙箱、手中的拐杖勾著各種垃圾。

油墨、菜渣、紙類垃圾以及各種瓶瓶罐罐在爺爺的身軀裡浮動著。

「轉大人啦……最近過甲好無？」藍洋爺緩慢從破舊的口袋掏出右手。

「還可以，謝謝。」莫尙恩回握藍洋爺的手，觸感彷彿將手伸進伸進放滿垃圾、盛著油水的臉盆裡。

藍洋爺的狀態……竟然已經這麼糟糕了嗎？

「……處理掉。」藍洋爺抽回右手，神色凝重地將一個刻著黃色圖騰的吊飾留在莫尙恩手上。

「這不是王德維之前很寶貝的那個嗎？」海熙湊了過來，驚呼道。

「風颱來時，這物件發著光芒，黃色花痕展開……」藍洋爺咳了幾聲，做了幾次深呼吸才再度開口，「一群半人半獸動物對內面漬出來……毋知佪走佗位去，毋過看起來誠危險。」

「佪是會共人食的……埠頭遐个無頭屍體著是佪做个。」

就在莫尚恩嘗試將所有異世界的訊息拼湊在一起時，藍洋爺突然悶哼一聲，雙腳一軟，手按著心臟，面露痛苦地栽倒在沙灘上。

「爺爺！」原本還在旁生悶氣的沙靈臉色大變，衝了過來。

藍洋爺爺胸口僅存的藍色區域，被墨黑色取代。

須臾，藍洋爺的身軀化作藍色星點，消失於空氣之中，消失在大家眼前，連一句話都沒有留下。事情來得太突然，無人知曉發生什麼事。

莫尚恩懸空的手微微顫抖著……突如其來的變化使得他腦袋一片混亂，本該是寂靜的海邊，充斥著各種聲音，好刺耳。

「有人在燈塔亂倒垃圾——」細微的聲音響起，是藤壺靈在說話。

「莫尚恩！你要去哪？」

「幹，媽咧，終於倒完了！」

「機掰咧幹，哪那麼多垃圾啊糙！」數名大漢站在燈塔旁，罵著粗口地將一包一包垃圾往海裡扔。就在他們扔垃圾的時候，一個空寶特瓶滾了出來，沿著斜坡向下滾。

「來啦！上香。」帶頭的大漢拿著幾柱香，右手按著打火機，點燃了香，縷縷的煙向上飄去。

空寶特瓶停在黑色帆布鞋前。

穿著帆布鞋的少年彎腰撿起寶特瓶，寶特瓶裡頭還留有三分之一的飲料。

「喂，丟進海裡啦！」

莫尚恩低著頭，右手握著寶特瓶，接著瓶蓋「啪叮」一聲噴飛，原本完整的寶特瓶受到外力擠壓而扭曲，可見力道之大。

「來啦，有拜有保佑。」大漢說完便大笑了起來。

「保佑？」莫尚恩看著傳遞香的大漢們，冷笑一聲，手中的寶特瓶飛快旋轉砸出去，命中最前頭的大漢。

這個舉動瞬間惹得大漢暴怒，「操，死兔崽子衝三小，不想活是不是！兄弟！上！」

看著朝自己走來的大漢們，莫尚恩黑夜般的眸冷靜到讓人感到畏懼。

一座廢棄燈塔孤寂地聳立在海岸邊，原本乳白色的塔身早已因爲風沙的侵蝕而變了色，燈塔地基長滿了雜草，周遭景色一片荒涼。

本該無人之處，此時卻有人從岸邊走了上來。從海裡回來的少年全身濕得一踏糊塗，帆布鞋上也充滿了海沙泥濘，他雙手則提著兩袋垃圾。

濕淋淋的垃圾袋滴著海水，從岸邊一路滴到燈塔旁，慶幸的是垃圾袋沒有破洞。

莫尚恩把四袋垃圾放在一旁，坐在階梯上，看了眼倒在地上的大漢們，又將濕透的瀏海向後一撥，沉默地望著遠方，而衣角及褲管滴下的海水迅速積成了一座小水坑。

「怎麼？」身後傳了來步伐聲，海熙輕巧地繞過大漢們，「一言不合就揍人出氣啊，小朋友嗎？不過下拳的位置很精準，還行。」

看著地上七横八豎的大漢們身旁都有幾柱香，海熙不自覺笑了出來，「眞荒唐，做虧心事來拜拜，求心安的？」

海熙走到莫尚恩身旁坐下，抓起他的左手，毫不留情地甩了甩，說：「都打到骨折了。」

莫尚恩默默抽回受傷的左手，一聲不吭地將視線轉回遠方的月光。

點點月光灑在墨藍色的海洋上，如同汪洋中的希望，可那月光隨著湧上的波浪若隱若現，又彷彿下一秒就會被吞噬。

看著莫尚恩的側臉，海熙望著沙灘的另一側，說：「別自責了。」

海熙看出了他因爲藍洋爺爺的逝去而感到的不捨、無力，甚至是悔恨。

清晨的陽光從窗內灑落而下，素色的窗簾因爲微風的吹拂而緩緩飄動著。

拎著大冰奶和薯餅蛋餅回來的莫尚恩，將早餐放在書桌上，按下筆電的電源鍵。

等待筆電開機的這一小段時間，莫尚恩站在窗前，眼前是藍色天空，遠處飄來的風靈則朝莫尚恩輕輕搖頭。

得到答覆的莫尚恩深吸了一口氣，最後還是朝風靈點頭道謝。

女孩形狀的風靈一溜煙地離開了。

「尚恩歐巴，早安！」風靈後腳才剛離開，米契爾便蹲在窗戶旁，如吊單槓般地盪了進來，落地時擺了個完美姿勢，「Touchdown 得分！」

一抬頭便迎上了莫尚恩沉默的注視，米契爾立刻起身，雙手貼腿雙腳併攏，「我這幾天都沒看到海熙耶。」

「尚恩歐巴找海熙有急事嗎？」米契爾撥了撥紅色的髮絲，接著看向桌上的大冰奶，左手拿出另一杯早餐店奶茶，「我家人也替我準備這個喔！雖然每次喝都烙賽，但早上還是要奶茶才最對味。」

聽到米契爾對早餐店奶茶的評價，莫尚恩不自覺勾起了嘴角的弧度，並在搜尋引擎輸入一行字。

不過網頁才剛導向搜尋結果，擺置在旁的手機螢幕便亮起，出現了一則訊息。莫尚恩瞥了一眼，便將注意力放回網頁，研究著要如何去故宮博物院，便將不停震動的手機拋諸腦後。

「不是聽說最近有了新展品嗎？大概是不好教育，所以海熙回去打祂們屁股了。」

聽到米契爾如此說道，莫尚恩又笑了，卻遲遲沒訂下火車票。

回想海熙在送肉粽當晚所說的話，陣陣不安如漣漪般在莫尚恩心中擴散。

「尚恩歐巴，你們班上有同學失蹤了耶！」吸著大冰奶的米契爾低著頭，視線正好對上桌面上的手機，便將跳出來的訊息都讀了一遍。

這句話成功打斷莫尚恩的思緒，他連忙點進通訊軟體的群組。

「莫尚恩，你要去北部喔？」只見突然出現，把米契爾趕到一旁的海熙正大力吸著大冰奶，看著網頁問道。

莫尚恩深吸一口氣，打量海熙身上沒有任何傷勢後，又鬆了一口氣。心中擔心的事一放下，他竟有些腿軟。

忽然，米契爾彎著腰，摀著肚子，唉聲說：「喔喔……我、我覺得我的肚子有點痛。」

「畢竟早餐店的奶茶就是最強瀉藥嘛！」海熙說著，但依然繼續喝著祂口中的「瀉藥」。

「我、我得離開了……」一陣肚子翻騰聲從腹部傳出，米契爾腳步蹣跚地走向窗戶，艱辛地爬了出去，又回頭說：「那杯給祢……」

「慢走不送——」海熙揮了揮手。

米契爾才剛翻了出去，海熙便立刻停下喝大冰奶，嚴肅地望著莫尚恩，說：「你記得藍洋爺說過，『一群』魔獸從那玩意裡衝出來嗎？所以，魔獸數量應該遠大於兩隻。而且現在又有受害者了。」海熙深吸一口氣，雙手抓著莫尚恩的肩膀，很認真地說：「阿隍要你三日內要完全解決這個事件，我知道誰能幫忙！」

位於都市鬧區，捷運站對街。大尊寺近在莫尚恩跟海熙眼前。

現代建築環繞下的大尊寺依然保有古早廟宇的建築特色，讓這喧鬧的街景柔和不少，也讓人產生立於時空交錯點的錯覺。

還沒過馬路，便可看見大尊寺的門神在周遭巡邏著。

鳳眼、蒜鼻、柳眉、豐腴臉部，以及特殊手印的門神，有的手執如意與捧官帽或者是手持鹿，有的則拿著牡丹花與爵杯。祂們比常人高大許多，穿梭於群衆之間，巡視著周遭是否有不潔之物。

廟前攤販的叫喊、香客的話語，以及觀光客不曾間斷的拍照聲，使得大尊寺顯得十分有活力。

還有寺廟的四靈：站立於寺廟屋簷上、揚著赤紅色羽翼的鳳；有著「仁獸」之稱的麟；與人同高、正從樹上拍翅而下的鶴；藏身於旁邊水池、行動緩慢的龜。

鳳與麟爲祥瑞動物，鶴與龜爲長壽動物，有「祥瑞長壽」之意。

此外，四爪握珠、巨口啣珠並露出兩顆尖牙，原本翱翔於天際的龍俯衝下來，穿過莫尙恩身邊——颶風將少年的髮絲吹得混亂——再度攀升，穿梭雲朵而去。

「從右邊的門進去嗎？」站在海熙身旁的情侶討論著。

戴著遮陽帽的女孩點點頭，「其實應該說是左邊的門……」

「可是大家都從右邊進去欸？」男孩看著排隊進入廟口的人群，打斷道。

「從神明的角度來看，是左邊的門，但從我們面對廟的角度來看，是右邊的門沒錯，也就是我們稱的龍門。」女孩耐心解釋著。

海熙看著身旁牽著手走向龍門的情侶，驚嘆說：「哇嗚，現在知道這麼清楚的人不多耶！我在這裡等你。」

「嗯。」莫尚恩先去洗了手，才從龍門進去寺廟。

海熙待在大尊寺門口，跟著麒麟祥獸玩耍的同時，莫尚恩也正從虎門出來，原本塞滿供品的包包塌陷了下去。

「嘿，這裡！」

莫尚恩跟海熙一同抬起頭，雖然眼前的香客與遊客甚多，不過剛剛出聲的男子有著高大健壯的身材與奇特的服飾，在人群中十分顯眼，正笑著對他們揮手。

數名門神也將視線投了過來，在瞧見是廟內的千里眼神將之後，便繼續巡查去了。

「金精將軍！」海熙揮手示意，莫尚恩則小幅度地點頭招呼。

金精將軍，又稱千里眼神將，露出陽光般燦爛的笑容，繫著的髮帶迎風而舞，臉龐散落幾許髮絲。祂未著上衣，身材精壯，腰間隙著勒帶，左手反握著一柄日月斧戟。

祂的雙眸並不如常人般的是眼白與瞳孔，而是一幕幕的畫面。左眼畫面不停跳動，從大尊寺廟內的各個角落到其他縣市的廟宇，又或者是其他地方：觀光景點、政府宅邸到無人拜訪的郊區皆在男子左眼的範圍內。右眼則如監視器般的同時呈現著無數畫面。

「等你們很久啦！」千里眼神將露出一口白牙笑著說，領著他們進入寺廟——祂們走得輕鬆，莫尙恩可是擠得很辛苦。

大尊寺有著正殿與後殿，總共供奉著二十五位神祇。

千里眼神將舉起手中的日月斧戟，神力於長斧上流動著，於頂端凝聚成白色光點。祂熟練地揮舞著長斧，最後將其釘在地上。

斧底觸上地面的剎那，原本凝聚於頂端的神力如電流般流向整座寺廟，將擲筊聲、祈禱聲、談論聲、買賣聲以及絡繹不絕的人潮隔絕在外，外頭的景色如褪去色彩般的淡了幾分。人們依然在活動著，但聲音減弱了許多。

廟內的民衆們身影逐漸淡去，在場的神祇或是童子身影則是清晰可見，就如一般人似的。若是神祇不在場，也會有小童留在該神祇的位置旁，聆聽民衆的祈禱。

「謝謝你總是爲生靈們著想。」千里眼神將大手毫無減輕力道地拍著莫尙恩的肩膀，燦爛的笑容中帶著一絲欣慰。

莫尙恩搖了搖頭，沙靈撕心裂肺的悲痛神情再度映入他眼簾。

他什麼忙也沒幫到。

「水精將軍不在嗎？」海熙問，摸著剛剛跟了進來的石獅。

水精將軍即是金精將軍的搭檔——順風耳神將，兩位都是媽祖娘娘的手下大將。

千里眼神將搖搖頭，說：「跟娘娘出去了，你們今天來得都不巧，像我們娘娘啊、地藏王……都外出辦公了。」

「將軍，巡邏的時間到了。」門神走了進來，抓了抓茂盛大鬍，隨後對一旁的莫尙恩露出疑惑的神情，「您是？」

「等等介紹給祢。」千里眼神將制止欲開口的莫尙恩，笑了笑後領著門神一同去巡邏。

「年紀輕輕就當上神明眞是不簡單，看來也是經歷過一番修練呢！」門神開口道，仔細檢查著寺廟角落，說：「不好意思呀，將軍！俺新來的，對這兒的大家還不太熟悉。」

千里眼神將沉默了會，確定已與衆神有一段距離後才緩緩開口，小聲說：「他是附靈師。」

「附靈師！」不出千里眼神將所料，門神如驚弓之鳥地跳起，立刻揚起兵器。

「沒事。」千里眼神將按住想要轉身回去的門神，回頭望了莫尙恩一眼，「他幫城隍少主做事。」

「……俺沒有看到他的令牌。」即使放下武器，但門神還是佇立在原地不動，也做好隨時動作的準備。

千里眼神將抓了抓右臉，思考著，「……少主還沒給尙恩令牌。」

「嘖，是八將軍們反對聲浪太大，少主才不能給吧？」

「八將軍們還是對尙恩有所警戒，少主時常派任務給尙恩來盡力取得將軍們的信任，但不會讓尙恩去執行需要決策的任務。」

千里眼神將露出無可奈何的笑容，門神則緊緊地盯著莫尙恩與衆神們，只要對方有一個不對的動作，祂會不顧千里眼神將在旁也要上前壓制，問：「例如？」

千里眼神將折了折手指，動動身軀，「人間使者——追蹤逃跑的魂魄、去違禁之地探查線索，打探一些教派的祭祀活動。」

「這些都是將軍們可以做的事情，要他幹嘛？」

「以凡人的身分做這些事情容易多了，畢竟那些靈或魂魄，對八將軍的警戒特別高。另外，若是八將軍們去違禁之地，很有可能引上惡靈並觸發不必要的戰鬥。」

「所以讓他去惡靈之地？」門神盯著千里眼神將，滿是震撼和不可置信，「這玩笑不好笑啊，將軍！您、少主都忘記之前……」

「海熙——光之刀的器物靈——是他師父。」千里眼神將打斷門神近乎失控的語氣，並在唇前豎起食指，「他有靈力，不會被惡靈侵占。而且他是海熙從小看到大的，我們也都認識他好幾年了，如果眞有問題，最先出手的一定是海熙。」

「等有問題就太遲啦，將軍！」門神的大叫引來了其他神明的注視，「將軍，您難道忘了邪靈一事嗎？」

「當然沒。」千里眼神將對看過來的神明回以微笑，比了個沒問題的手勢，「先把附靈師拉到我們這一邊，也是個作法，不是嗎？」

這番說詞並沒有讓門神放下警戒，反而露出諷刺的笑容，「拉到咱們這邊？附靈師可叛變過天庭呢！」

千里眼神將嘆了口長長的氣，望著藍色的天，說：「附靈師好幾代了，祢們只記得那兩代？尚恩明明是唯一能通三界，甚至能視生靈的人，卻被各方排擠，任何舉動都要被放大檢視，他只是個年紀輕輕的孩子啊！」

「的確是個可憐小子，有能力卻被約束著啥也不能做。可憐歸可憐，俺可不認同他啊！神明也會因爲時間而忘記教訓。」

看著仍有敵意的門神，千眼眼神將反倒露出一抹微笑，「放心吧，我們一開始的反應比你還激烈，後來跟他也是花了好多年才有現在的相處模式。祢會喜歡他的。」

「話別說得這麼滿啊！將軍。」

另一邊，海熙正奮力地揮著手，喊：「亞亞！」

「我在這！我在這！」清脆的嗓音傳來，是一名年齡與海熙相仿的少女。眼前的少女身著紫色長袍古裝，淺紫色披肩的搭配讓整體裝扮輕盈了許多。少女手上拿著書卷，藏在圓框眼鏡後面的雙眼閃著黠慧的光輝，一綹綹長髮綁成辮子盤在頭上，僅有幾綹髮絲落在肩旁，散發飽讀詩書的氣息。

這名拿著書卷的少女，便是所有學生都知曉的文昌帝君——張亞子——每逢大考時期，總是有數千名學生拿著准考證影本來到文昌帝君的廟前，祈求好考運。

「亞亞，很忙齁？」海熙看著文昌殿前擠滿了考生，考生們正忙著奉上供品、點著文昌光明燈、擲筊抽籤、又或者是拿著准考證影本，低聲祈禱。

「是啊——」文昌帝君拿著書卷敲著左手掌，顯些無奈道，「認真的孩子就算了！一大堆沒在讀書，根本拜心安的小子們！」

「唉唷，至少祢這邊還熱鬧滾滾呀！」十八羅漢其中的第三羅漢開口說道。留著俐落短髮的第三羅漢盤著腿，右手撐著臉頰看著擠在文昌殿前的考生們，「一進來就直衝祢這裡。」

「小恩，你要不要去勸他們，來我這裡自然歡迎，不過也別忽略其他神祇呀！」

許多考生一來到大尊寺，從龍門進之後便直衝文昌殿，忽視了其他位於正殿的神祇。這就好比去朋友家做客，經過客廳卻忽略其他家中長輩，直奔同學房間。

所以，即使來廟宇的最終目的是祈求考運，但最好的做法還是將所以神祇簡單拜一遍——就如同簡單地與同學家人打聲招呼。

「要他去講這個，亞亞祢不如直接託夢給所有考生算了，哈哈哈！」了解莫尚恩個性的海熙笑道。

「也是啦。對了，謝謝小恩的牛軋糖！」文昌帝君雙眼冒出興奮期待的光芒，手上的書卷不知何時消失，取而代之的是滿滿的牛軋糖。

祂捧著牛軋糖轉著圈圈，紫色的下襬隨之晃動，臉上掛著笑容，而口水都快滴下來了，開心地說：「終於可以不用吃包子、粽子了！換口味囉！」

文昌殿前的供桌上擺著一包牛軋糖，再更之前，那包牛軋糖還躺在莫尚恩的後背包裡面。

第三羅漢大手也蓋上莫尚恩的頭，說：「我們也收到了，謝啦，尚恩。」

「會替你轉告夫子的！」

「謝謝附靈師！」

原本還忙於信徒與拜拜人潮的各童子們，忙裡抽空朝莫尚恩投以笑容與感恩，謝謝少年帶來各神祇喜歡的供品。

「不客氣。」莫尚恩嘴角少見地勾起弧度。

「祝你考試……」吃著牛軋糖，幸福到看似融化的文昌帝君開口說，但話說到一半如清醒似的看向海熙。

「看我幹嘛？」雖然海熙嘴上如此說道，但卻是點了個頭。

「嘿嘿，祝你這次考試歐趴啦！」文昌帝君說完剛剛未完的話語。

「謝謝。」

「莫尚恩，你還是要讀書！」海熙依然叮嚀了一番

看著一人一靈的互動，亞亞哈哈大笑著，「海熙祢很像老媽子耶！」

第三羅漢爽朗地大笑幾聲，隨後看向海熙，「給祢撿到這小子，真幸運！啊，祢說你

們怎麼認識的？」

聽到這疑問，海熙立刻露出爽朗笑容，「是阿隍發現的，他一開始還不肯跟我走，就被我毒打了一頓。」

「這馬威也下得太大了吧……」亞亞語帶同情地看了莫尚恩一眼。

海熙維持著笑容，那天的對話再度浮現於腦海。

——「海熙，我昨天在陽間時似乎遇到附靈師耶？」

——成天看著自己的本體被公然展示給遊客看的光刀靈被挑起了一絲興趣，「喔？祢解決掉他了嗎？強嗎？」

——「沒有！他竟然為了救我捨身衝到馬路上呢，真是感動，感覺心地是好的。怎麼樣，收收看啊？如果能把附靈師挖到我們這邊也不錯？」

——海熙嘟起嘴，「感覺好麻煩……也可以啦！反正我無聊，但一不對勁我會立刻處理掉喔。」

——「沒有問題，放在身邊就近觀察總比被惡靈拉攏好，那其他神那邊我也交代一下。」

「嘖嘖，」另外一則聲音插了進來，「海熙祢也眞是的，總是先動手再溝通，看他多乖呀！」

順著聲音看去，是名有著俊美臉孔的男子。祂身著金袍、雙手纏繞著紅線，祂搖了搖手指打招呼：「好久不見。」

掌管姻緣之神的月老踏著浮誇的步伐，扭著屁股走了過來，又順了順垂落於額前的髮絲，挨近莫尚恩身旁。

莫尚恩默默往旁移了一步。

月老攤開右手，一本冊子憑空浮現於掌心上，自動翻著頁，「嗯哼嗯哼，我看看……」

「哇喔！難道小恩要交女朋友了嗎？」月老的動作引起眾神的興趣，亞亞興奮地揮著雙手。

「給他挑個好的啊！」第三羅漢也挑起眉，露出期待的笑容。

就當眾神正期待著月老的答覆時，祂闔起了姻緣簿，接著祂中指指尖抵著拇指指腹，其餘三指翹得老高，「其實我也很喜歡吃蛋塔喔！」

「啊？這是什麼暗示嗎？」第三羅漢納悶地抓了抓頭。

「天機不可洩漏。」月老一個轉身，在眾神面前一鞠躬，華麗退場。

「……可惡，月老在偷偷點餐啦！祂吃膩巧克力泡芙了！」識破月老舉動的文昌帝君被逗得前仰後合。

「陀叔。」

「先別理祂了，尚恩你手怎麼回事啊？」擁有「神醫」之稱的華陀仙師捻著長鬍鬚，看著莫尚恩包著繃帶的左手蹙著眉頭。

「打架。」

「唉呀……」華陀仙師舉起右手，凝聚著神力。

看著華陀仙師的舉動，莫尚恩抽回左手，「沒關係。」

「就當作是咱顯靈啦。」華陀仙師無所謂地說，神力覆蓋於莫尚恩受傷的左手上，白色光芒化作光點圍繞著莫尚恩的手腕。

「祢們都太寵他了。」海熙顯些無奈說道，但嘴角卻上揚了幾分。

還記得第一次帶莫尚恩來廟裡時，附靈師身分不但搞得所有神明雞飛狗跳，一些武將甚至口出惡言和下驅趕令。即使會遭到冷嘲熱諷或是冷眼看待，但莫尚恩還是定期來參拜，多年的努力之下，與眾神明的冰山關係終於有所改善。

「仙師！」華陀仙師的小童著急地跑了過來，指了指在華陀殿前的信徒，爲難地開口，

「這位信徒要請您來。」

華陀仙師順了順鬍鬚，「知道啦。」華陀仙師簡單叮嚀莫尚恩要好好照顧自己之後，便隨著小童回到了華陀殿。

「我也差不多該回去了～～」亞亞看著依然人潮滿滿的文昌殿，嘟著嘴。看著自家神祇有回來的意思，文昌小童立馬半拖半請地將祂請回文昌殿。

「快去忙吧！」知道其實祂們也是抽空過來打聲招呼，海熙也不多挽留。

原本聚集在此的神祇們一哄而散，剛剛先去巡視的千里眼神將也回來了，祂朝門神使了個眼神，門神緊皺著眉頭，最後還是遵守著指示回到原崗位。

「我來啦，那個魔獸的下落是吧？」

「是。」

「好啊，沒有問題。」千里眼神將露出爽朗的笑容。隨後左眼的畫面不再緩慢跳動，而是如影片般的迅速流動著，右眼的畫面也是不停更新著，從原本的九格畫面延伸成十六格、二十五格。

「嗯……」巡查了三分鐘左右，千里眼神將才發出了感嘆詞。

連千里眼神將都查了好幾分鐘嗎？竟然能躲過神將的追蹤，這是何等的不容易。

「牠們活動於東羅迷迭山的深山處。」千里眼神將將手放在太陽穴，眨著雙眼，似乎在確認畫面。

「……這就是異世界的東西嗎？」千里眼神將搖搖頭，隨後閉上雙眼，休息了會才再度睜眼，「著實十分詭異，那個叫魔獸的東西約有十多個，有些看起來像野獸，有些則有著人類的樣貌。」

聽到這訊息的莫尚恩臉色一沉，竟然有這麼多隻嗎？

「每一隻看起來都具有一定的攻擊力，似乎還有食人的習慣。這是城隍少主給你的任務嗎？感覺很棘手，牠們影響到秩序了嗎？」

「是。」

千里眼神將摩娑著下巴，神色嚴肅地思考著，「我待會再幫你偵查一下，盡量幫你確定數量、特徵跟如何到達深山處，我再跟你說。」

「知道了，謝謝將軍。」

第六章

「掰掰！」大尊寺外，海熙充滿朝氣地和裡頭的神祇們道別。而礙於川流不息的人潮，莫尚恩僅輕輕點頭。

「大家都這麼有精神眞是太好了。」海熙輕快地踏在石磚上，跟著莫尚恩走進了捷運。

莫尚恩戴上耳機，跟著人群往捷運站入口走，他稍稍將視線定在海熙身上，「……去哪了？」

此話一出，原本蹦蹦跳跳的海熙愣了會，隨後才再度開口，「就，被阿煌請去喝茶囉。」

莫尚恩拿出電子票卡，貼上感應面板，「妨礙秩序的事情？」

「沒事呀，懲罰就是待在那邊幫忙教訓不乖的生魂囉。」

「祢隱瞞什麼？」站在捷運等候線上的莫尚恩問道，捷運進站的音樂響起。

海熙輕笑一聲，彷彿早就猜到莫尚恩會發現似的。而莫尚恩退出了在等候線的隊伍，讓其他乘客上車。

刺耳的哨子聲響起，站長揮著紅色旗幟，捷運的門緩緩關上，於莫尙恩眼前開走。

「我延長了王德維的壽命，所以我代替王德維待在冥府。」

「白無常有爲難祢嗎？」沉默會，莫尙恩問道，墨色的眼眸藏著擔憂，「抱歉……」

海熙嘟起嘴，故作委屈的開口，「整個勞力都嘛是祂派給我的。」

「我都做好會待上好幾年的準備，畢竟不知道我那時候的舉動延長他多久的陽壽。」

海熙抬起頭，對上莫尙恩的視線，「然後……」

「阿煌來跟我說，小黑白無常遇到王德維的魂魄了，在前往冥府的路上，所以我可以先離開了……王德維，就是這次魔獸的受害者之一。」

王德維覺得很莫名其妙，所有事情在他走入一條小徑之後都變了。

據他父母說，他似乎被送肉粽的惡靈給纏上了。於是跟著父母去附近有名的廟裡拜拜。

拜完之後，原本正要跟著父母回到停車場的王德維在附近叢林看到了奇怪的身影。

感到好奇的王德維便走向了廟方後面的小徑，走沒幾步，便看到站在小徑盡頭的人影。

王德維一愣，那個是……

甚至不等王德維看清楚，那股深層恐懼再度襲來，「幹幹幹！這鬼東西怎麼在這！」最後印在王德維腦海裡的，是那無情的血色雙眸。

當祂再次睜開眼睛時，那東西早已離開，叢林小徑中，只剩下癱倒在地上的祂，坐在地上的王德維抓了抓頭，放空了一陣子後才終於想起要回到停車場的事情。

頭好痛……王德維邊走邊想著，不過還沒走到停車場，一黑一白的兩抹身影出現在祂面前、擋住祂的去路。

白色身影是名女孩，女孩烏黑的秀髮綁成包包頭，些許的髮絲垂落，墨色的大眼睛眨呀眨著，小巧的臉蛋沒有任何神情，女孩穿著過大且寬鬆的白色長袍，長袍於手腕與腳踝的部分疊成一圈，就如同偷偷穿著大人衣飾的小孩。

另一抹黑色身影則是小男孩，比起小女孩的面無表情，小男孩顯得驚慌失措，也穿著寬鬆的黑色袍子，手上則拿著一本黑色冊子，上面用紅線繡了「生死簿」三個字。女孩與小男孩的胸前則別著「實習生」的牌子。

「慢著，汝爲何等身分？」男孩劈哩啪啦地翻著生死簿，都快把整冊本子翻爛了。

「慢點，壞了怎辦？」女孩制止男孩慌張的舉止後，默默地盯著王德維，最後又將視線轉回男孩身上，「王德維，葵未年四月十七子時生，沒有嗎？」

「你們是誰啊？」被陌生女孩說出生日的王德維愣在原地。這兩個小鬼頭在拍古裝劇？誰會穿著古袍戴著那長得不得了的帽子跟拿著羽扇？

「有了！」在生死簿上找到資訊的男孩露出鬆一口氣的微笑，「王德維，葵未年四月十七子時生，死於己亥年九月十九戌時，隸屬於香榭廟土地爺。」

「但今日已是二十二日。」一聽到死亡日期，女孩立刻察覺不對勁，「已死數日，爲何還在此處逗留？」

「祂是……」男孩繼續讀著資訊，接著神情嚴肅地看著王德維，「數日前鬼差遲遲找不到的那名生魂！」

「原來如此。」女孩認眞地點點頭，專注的眼神直盯著王德維，「吾等得將祂帶回所屬土地爺那報到。」

「呃，我嗎？」王德維一頭霧水，傻愣愣地指著自己，「跟土地公報到？」等等，祂們到底在說什麼……這兩個小孩雖然沒有明確與祂對話，但很明顯是在討論祂的事情啊！

小白無常羽扇指著王德維，語氣裡有著不得反駁的氣魄，「吾有汝的勾魂牌和批票，若汝不肯乖乖就範，別怪吾等心狠手辣！」

王德維逃跑又失敗了。

真是太莫名其妙了，被兩個說著瘋言瘋語的小孩盯上，還被強制帶回「土地廟」？什麼跟什麼啊！

土地廟？什麼鬼地方，現在的小孩都這麼中二嗎？還是這是在演鄉土劇？周遭有攝影機嗎？

最一開始，王德維根本不打算理會這兩個小孩，但……女孩舞著羽扇操控羽毛，威脅道若不乖乖跟著走，可是會強行帶走的。

不只女孩，就連那個看起來憨呆的男孩也拿著又粗又長的鐵鍊在旁邊啊！

經歷了幾次逃跑失敗經驗後，王德維學乖了。先是跟著這兩個小毛頭身邊，再伺機逃跑吧！羽毛跟鐵鍊太棘手了，每次才剛離開一點點，就直接被綁回來！

雖然長得可愛，但是好狠啊！王德維在心裡吶喊。

但是，他們兩個到底是誰啊！？到底哪個小孩會穿著古裝、拿著古代飾品四處走動？而且還有奇怪的能力？談話的內容都離不開那些死人骨頭的，也太不吉利了吧！

「已與土地爺確認，此王德維爲該王德維，吾等可直接將此魂帶去土地廟。」小黑無常抬起頭，將訊息傳遞給小白無常。

「收到。祢可知海熙姊姊也在地府？」

「爲何？那莫哥哥身邊不就沒有神靈保護？」聽到此，小黑無常有些慌張，「萬一惡靈找上莫哥哥，那豈不就麻煩大了？」

小白無常微微低下頭，羽扇擱在下巴，「吾相信尙恩哥哥有能力保護自己……但師父不准吾過問，所以吾也不清楚確切的來龍去脈。」

裝乖的王德維默默地聽完小黑白無常的對話。莫哥哥？尙恩哥哥？這眞是太讓人羡慕了！居然有這麼可愛的弟弟妹妹，那個叫莫哥哥和尙恩哥哥的人，好討厭啊！不公平啊！

就在王德維哀怨時，他像是想到什麼似的一震。幹，他們口中的莫哥哥和尙恩哥哥，如果放在一起，不就是莫尙恩嗎？

是他最好的兄弟莫尙恩嗎？

「是莫尙恩嗎！」也不管三七二十一，王德維趕緊插入話題。

聽著王德維突如其來的一句話，小黑白無常先是一愣，接著用眼神溝通，最後由小白無常開口，「汝與尙恩哥哥爲熟識？」

這兩個奇葩小孩口中的莫哥哥、尙恩哥哥眞的是他認識的那個莫尙恩嗎！莫尙恩居然有這麼可愛的妹妹與弟弟，太可惡了！

看著女孩與男孩盯著他的神情越來越怪，王德維趕緊收起他忌妒羨慕又糾結的內心，一本正經回道，「當然，莫尙恩可是我麻吉！我們認識快十年了！」

「麻吉？」小黑無常蹙起眉頭，望著小白無常輕聲道，「何謂麻吉？與麻糬爲同等食物？」

小白無常搖了搖頭，「非，麻吉非麻糬。麻吉意爲關係親密的友人。」

「意指此人爲莫哥哥的友人？」

「或許。」

看著女孩與男孩尙有些懷疑的神情，王德維略爲緊張地大叫，「不是或許，就是！我眞的認識莫尙恩啊！如果你們不信，帶我去找莫尙恩！我可以證明！」

「吾家認爲此舉可行。」男孩同意，但女孩卻搖著頭，「不可，雖爲熟識，但此人與尙恩哥哥已爲不同世界之人，陰陽兩隔不該有接觸。」

「不同世界？」王德維無法理解這是什麼意思，隨後似想起什麼地眨眼，「喔幹，是在說我們模擬考成績天差地遠嗎……等等太傷人了吧！」

小白無常想了想，最後一臉正經道，「原來如此。汝仍以爲自己爲陽間之人。錯，汝已成死人，因此，吾等須將汝帶回地府。」

小黑無常補充，「陽間人與陰間魂不可有所接觸，雖如此，念汝與莫哥哥爲熟識，能替汝捎口信給莫哥哥。」

「此爲最大寬容。」

……等等，等等等等等等！這兩個小鬼頭的意思是，他……他掛了？

假日期間，客運站人聲鼎沸，充滿了旅行團、個人旅客等等，比平時熱鬧許多。

「這是您的車票，發車前十分鐘請先去排隊等候。」

莫尙恩接過車票，確認日期、時間和目的地後便朝售票員點頭致謝，隨後走向一旁的便利商店。

「每次來便利商店都覺得很神奇，什麼事情都可以在這裡完成耶！」

看著在 ibon 前排隊的人龍，海熙好奇趨近看，不禁驚呼，「在買踢踏舞的票耶！除了繳費跟拿車票之外，竟然還可以開始買國外的票啊？」

又看著琳瑯滿目的貨架，海熙感嘆道，「時代眞的變了……」

「莫尙恩？」

莫尙恩朝聲音看去，只見一名從冷藏櫃拿出瓶裝烏龍茶的少年走向他。

「比賽？」看著還穿著學校制服的柯亞，莫尙恩問了句。

「對啊，剛回來，有夠累的，幹。」

「幹嘛？」看著莫尙恩突然退了幾步，柯亞不明所以地問道。

「你看。」海熙指著柯亞，試圖再度將莫尙恩拉去後面。

「幹嘛？老子身上有東西？」瞧見定在自己身上的驚訝視線，柯亞向下一望，皺起眉頭，「這三小？」

柯亞，正站在一個褐黃色圖騰上。

不等他們理解這黃色圖騰到底爲何物，圖騰便緩緩轉動了起來。

這個圖騰——和王德維生前撿到的吊飾上圖騰一樣！

「靠么，三小啦。」覺得莫名其妙的柯亞罵了聲，隨後打算踏出褐黃色圖騰——但他無法，有一股力量正禁錮著他。

他被困在這無形的囚籠裡。

「柯亞？」從另一條零食道繞過來，一起比賽的同學看了過來，滿臉疑惑。

見狀，莫尚恩右手立刻凝聚靈力，將其凝聚成刀形。

但是，在動手破壞圖騰的前一刻，莫尚恩猶豫了——這是，破壞秩序嗎？

同時，褐黃色圖騰泛起刺眼光芒，圈內颳起了大風，光芒晃動不已。

「幹，這是……」柯亞的身影瞬間被光芒蓋過，他的聲音似乎被圈內的大風吞噬。

「讓開！」海熙推開莫尚恩，毫不猶豫地抽出光刀，朝褐黃色圖騰橫劈下去。藍色斬擊氣勢磅礴地逼向褐黃色圖騰，卻直直地穿越過去，沒有造成任何傷害。

只有柯亞連同圖騰一起消失了。

「欸？欸欸欸？柯亞？柯亞去哪了？」在旁也目睹一切的同學嚇得不知如何是好，看著柯亞消失的位置，蹲下身摸了摸地板，什麼也沒有。

莫尚恩則是箭步向前，抓著海熙握著光刀的手腕，但礙於周遭還有其他人怕引起側目，他又立刻將手放下。

「攻擊完全沒用呢！」海熙將光刀插回刀鞘，轉了轉手腕——剛剛莫尚恩的力道不小，與他的憤怒成正比。

「祢會出事。」莫尚恩忍著憤怒沉聲開口，這四個字彷彿從牙中硬擠出。

無視莫尚恩的話，海熙說著：「若能救下柯亞，但你卻沒做，你才會一輩子困在後悔之中。安啦，只要我本體好好的，我都不會有事。」

此時，另一位同學過來找人，「欸，老師說要走了，柯亞呢？」

「我沒看到欸？」原本蹲在地上的同學站起身，抓了抓頭。

「等等。」聽到那同學如此回應的莫尚恩一愣，立刻叫住他，「柯亞……」

「喔，你有看到柯亞嗎？我們要回去了。」明明也一起目睹了柯亞的消失，剛剛還蹲下身去檢查地板的同學，現在則是反問莫尚恩。

「你沒看到柯亞嗎？」

「沒有耶，我以為他在這邊買飲料。」聽著其他同學的催促，這名同學匆匆回問，「你有看到他嗎？」

「……沒有。」

「那我去前面找找，啊有看到他跟他說一下要走囉，謝謝喔。」

望著這名同學離去的身影，海熙皺起眉頭，說：「他剛剛也在場，對吧？」

——為了隱瞞這個事實，目擊者都會做記憶竄改或是抹去記憶的處理——夜鷹曾說過的話浮現在莫尚恩腦海中。

「異世界……」

「剛剛那是異世界的東西？」海熙望著剛剛柯亞消失的位置思考著，「那位同學的反應的確像他根本沒看到一樣，他的記憶已經被抹去了。」

但是海熙和莫尙恩想不通，柯亞跟異世界有什麼關係？

「打擾了。」一名神兵出現眼前，遞出一張摺好的紙，說：「吾捎來了千里眼神將的訊息。」

「收到，謝謝。」海熙接過了紙條，並確認神兵已離去後才攤開，「喔，金精將軍在這裡寫著：東羅迷迭山深處，除了魔獸，尙有一名穿著黑的男子，似乎僅是靜靜觀察著魔獸的行動，不清楚是敵是友。」

海熙折起了紙條，拿給莫尙恩，「看來，夜鷹也在那邊。只要見上他一面，柯亞的事情也可以得到解答吧？」

第七章

公車上的 LED 顯示板閃爍著「迷迭山遊客中心」。

原本撐著下巴，雙眼凝視著遠方迷迭山的莫尚恩收回了視線。

迷迭山遊客中心是這班公車的終點站，早在莫尚恩之前就有人按了下車鈴。

公車緩緩駛進路邊車站。

「謝謝司機！」乘客紛紛起身，有秩序地準備下車。

「不客氣。」司機回應道，「晚上別入山啊！」

一群帶著行李的大學生嘻嘻哈哈，下了公車。

見車上只剩幾名乘客在排隊下車，莫尚恩才揹起包好的木刀，從座位起身走向公車前門。

「謝謝。」莫尚恩拿著電子票卡，微微點頭。

「不客氣……少年仔，黃昏之後就別入山啦！趁早回旅館休息吧！」

「知道了，謝謝。」

下了車的莫尚恩也沒立刻走向遊客中心，而是望著遠方的天空。一絲絲橘黃色光芒染上了雲朵的邊緣，迷迭山脈則高聳入雲，看上去格外壯觀。

依照千里眼神將給的情報，若要走到魔獸的活動處，也要好幾個小時，而且都在非常深山處，一沒抓好方向很容易迷路。

莫尚恩跟海熙來到了登山入口，一批一批的遊客談笑風生地拿著登山杖沿著步道出來。兩尊石獅雕像佇立於登山入口處兩側，原本還趴在入口處的石獅一見到海熙，立刻警戒地弓起身子。

正當海熙想釋出善意時，一道年邁但中氣十足的聲音自旁喝起，「無代誌啦，趴落！」聽到指令的石獅立刻聽話趴下。

「土地爺。」海熙對著從旁走出的老人打招呼，而莫尚恩也微微點頭。

老者頭戴金銀雙色的柳絲帽，鑲在上頭的彩珠泛著光芒，身上的黃服有著綠色圖騰裝飾，右手則佇著手杖。

莫尚恩著實因爲此土地爺的穿著吃了一驚。這位福德正神穿著華麗，若不是在此地遇見祂，他會推斷祂爲二等縣級的土地爺。

一般來說，山頭土地爺會著白色衣服與文帽。

莫尚恩也觀察到入口處旁的土地公寺廟，香火旺盛，供品也十分豐富，連供奉的花朵也是嬌豔欲滴，看來一天便會有人整理一次。

「敢問祢是？」土地爺笑呵呵地問著，右手順著長及胸膛的鬍鬚。

「光刀靈。」面對第一次見面的土地爺，海熙作揖拱手道。

土地爺睜開幾乎被白眉毛遮住的雙眼，銳利的眼光審視著莫尚恩，「想必少年就是附靈師了，久仰大名。」

「初次見面，您好。」

「老夫有收到少主捎的消息，還請附靈師小心，深山除了魔獸之外，還有山魅從中作亂。此外，老夫也不建議刀靈一同前行。」

「咦，為什麼？」

土地爺右手扶著袖子，拿起茶杯，「山魅調皮搗蛋，想必對刀靈十分好奇，甚至圍觀，這必會影響進度，也有些自傲的山魅會想挑戰刀靈。對了，這桌上有香，先與山神打聲招呼，萬一觸怒山神，老夫也難以出手相救。」

趁著莫尚恩拿香之際，土地爺彈指召喚趴在供桌下的虎爺，說：「小虎可陪你同行，但其行動範圍有限，其餘你得自己走了。在老夫神力範圍允許的情況下，老夫會盡可能地幫你。」

「謝謝。」

「小心點，平安回來。」

走在石頭階梯上，揹著木刀的莫尚恩沿路無聲欣賞著這片山頭的翠綠，看著灑落下來的光圈以及隨風飄動的枝葉，昆蟲攀附在林間枝葉上，與棲息在樹梢上的鳥兒一同高聲歌唱，就連一旁的泥地都有蚯蚓爬動的蹤跡。

是座生命力十足的山區。

樹靈與花靈跟在虎爺身旁蹦蹦跳跳的，時而好奇地盯著莫尚恩瞧，時而好奇地伸出手抓著木刀背袋。

偶爾也遇到正要下山的登山客。

「同學，你現在才要上山嗎？」這群登山客有男有女，帶頭的青年拔下墨鏡問道。

「是。」

「這樣啊，我覺得天色有點晚了餒，再加上可能下雨，建議你差不多可以返程了。」

莫尚恩望著其中一名女生的腳下。

「怎麼了嗎？」帶頭的青年有些尷尬地問，原本只是看對方一人登山，而且穿著簡便，想說好心提醒一下，怎麼反而被盯著看？

「去土地廟上香。」

「蛤？喔、好喔。」莫尚恩的這句話說得突兀，但青年還是禮貌性地點頭回應，便繼續邁開步伐下山。

其中一名女性的腳下陰影一頓，又緩慢跟上他們。

莫尚恩收回視線，繼續與虎爺往上走。

原本想要低調入山，但有虎爺跟著是不太可能了，再加上剛剛的警告，可能引起了「祂們」的注意。

希望那群登山客有把他的警告聽進去。迷迭山土地爺神力不弱，應該可以化解跟著他們的祂。

莫尚恩抬頭望著從層層枝葉中透入的陽光。午後雷陣雨嗎？

下雨倒沒關係，頂多路難爬，但要是陽光被遮蔽或是起霧……

「吼嗚——」原本走在前頭的虎爺停下腳步，轉過身子等莫尚恩。

莫尚恩走了過去，眼前是條岔路。石頭階梯朝右方延伸上去，前方是條平坦的泥地道路，兩邊的景色大同小異，若是登山客一沒注意，很容易走錯。

莫尚恩站在泥地道路前，而虎爺則注視著前方，齜牙咧嘴地發出低吼。一些小樹靈跑了過來，擋在莫尚恩與道路之間。

「謝謝，可以了。」莫尚恩對著虎爺點頭致謝，隨後微微屈膝與小樹靈平高，「請讓我過。」

虎爺搖了搖尾巴，而小樹靈有些不知所措地互視彼此，最後還是讓出一條路來。

莫尚恩呼了一口氣，原本沉靜體內的靈力開始流動。漆黑的瞳孔與髮絲末端，都染上了淺藍色。

天色又暗了幾分。

因爲運用靈力的關係，五感與體能全都大幅度提升，莫尚恩也查覺到了黑暗處的動靜。

現在還有陽光，太陽也尚未落下，所以祂們還不會輕舉妄動。

即使附了靈力，山魅還是蠢蠢欲動嗎？若是一般魂靈，早就自動疏離了。

眞是麻煩。

「打擾了，請見諒。」莫尚恩雙手合十放在胸前，將木刀背袋調到最貼身的角度，接著繫緊鞋帶，深吸一口氣後後便沿著小徑直奔下去。

在山林小徑中奔跑是件非常危險的事情。鬆軟的泥地、不穩的石頭、凸出的樹枝、落葉蓋住的坑洞……若是沒有附上靈力，輕則扭傷，嚴重點可能直接掉下山崖。

回想著千里眼神將整理的資訊，莫尚恩一個分心踩進了落葉坑裡。他趕忙右手抵住地面，順勢翻了一圈，避開了尖銳的枝葉。

站起身拍掉手上的泥土，正要繼續起步時，身後傳來了一道聲音，「嘿，同學！」同時，一隻手拍上莫尚恩的右肩。

「不要回頭！」剎那，土地爺威嚴的聲音於腦中響起，「老夫法力有限，能幫得不多。若是對方沒有呼吸，且記，勿回頭！這是山魅的把戲！」

「嘿，我在叫你！」身後的聲音再度響起，拍在肩上的力道也重了幾分。

聲音響起之前，莫尚恩完全沒發現有「人」在他附近，不過藏在暗處的祂們倒是不少。他很肯定身後出聲者，沒有呼吸。

此外，原本基於好奇而跟著他跑的樹靈草靈，有些已經不見蹤影，有些正急忙躲回樹幹或草叢裡。

——天還沒眞正暗下來，就出來了啊！

確定喚他者爲山魅，莫尙恩只是拍了拍黏上落葉或是泥巴的褲子，快步離去。

「帥哥！」身後的聲音持續響著，但稱呼改變了，這讓莫尙恩以爲後面是早餐店阿姨在叫人。

「金城武！」

莫尙恩還是沒有回頭，他完全不知道該怎麼形容當下心情，好複雜。

這山魅很跟得上時代呢！是在沒人經過的時候，都在爬文看靈異版或八卦版嗎？

「找你啊帥哥——」山魅的聲音持續響著，但音量越來越弱，似乎沒有繼續跟過來。

莫尙恩也剛好來到了交叉路口。

泥地路朝左邊與前方延伸而去，前方道路的景色與先前大致相同，而左方的道路則有棵大樹。

藉著千里眼神將的資訊，莫尙恩選擇前方的道路。但讓人心驚的是看向左方道路時，出現了一雙懸浮在半空的腳。

縱使只瞥了一眼，依然清楚看出這雙腳的鞋子沾滿了泥土，長褲也破舊不已，甚至可以看見森森白骨。

「來大樹底下休息啊……」走向前方道路時，虛弱的嗓音與枝幹晃動的聲音自左側道路響起，即使目光朝前，但眼角餘光還是能瞥見，有隻手正朝他緩緩招著。

莫尚恩不管這些，兀自向前走。眼前的景色豁然開朗，走出樹林的莫尚恩來到一座懸崖邊，清澈冷風襲上他的臉。對面也是座茂盛的樹林，在黑夜之中顯得神祕。兩座山林相隔約百尺，懸崖深不見底。

莫尚恩抬起頭，望向身邊的樹林，尋找哨音的出處——在深山行走時，總是有聲獨特且淒涼的鳥啼從遠處傳來，襯出山林的孤寂。

莫尚恩伸出右手，讓頂上有角羽的淡棕色黃嘴角鴞停在他的手臂上，「晚安，想借個翅膀。」

黃嘴角鴞收起了揚起的翅膀，黃色的瞳孔靜靜地望著莫尚恩。

他將手輕覆在黃嘴角鴞身上，如拉絲綢般地緩慢拉起，而黃嘴角鴞的靈就隨著他抬高的手從身體中拉出。

黃嘴角鴞的靈擺了擺頭，環視了周遭一圈，接著進入莫尚恩的身體裡。

一對淡棕色的羽翼於莫尚恩背後展開。

揚開雙翅的搧動颳起一陣小風，捲得一旁的小草靈險些站不穩。

莫尙恩雙手將黃嘴角鴞的身軀環入懷裡，輕輕搧動羽翼，深怕用力過猛造成的颶風會影響到植物靈們。

等到離地面一段距離後莫尙恩才猛然搧動翅膀，將自己帶到高點，飛向對面。

一落地莫尙恩便立刻將手放在自己胸前——黃嘴角鴞靈先從少年的胸膛中探出，隨後才踏上他的右手，回到自己身軀。

「謝謝。」看著飛回樹梢上的黃嘴角鴞，莫尙恩道謝著。

若是將「生靈」附在自己身上，便能得到其能力。然而，兩個魂在共用一個身軀時，強大的魂魄會逐漸吞噬掉弱小的魂魄，這也是爲什麼莫尙恩一落地就迅速歸還黃嘴角鴞靈。

天色又暗了幾分，莫尙恩毫不猶豫地走入山林。

越進入深山，暗處躁動的身影與摩娑聲音愈發明顯，就連樹靈也不現身，枝枒隨風搖擺，整座山內充滿了不安的情緒。

沒多久，一棟木屋映入眼簾。

前方的木製階梯連上了挑高的木屋，門口兩旁擺著藤條長椅，煙囪冒著白煙，兩旁的花園種滿了鮮豔的紅花，紅花靈在裡頭奔來跑去。

腳旁的紅色花朵十分嬌豔，非常吸引人。

「很美。」對上紅花靈的視線，莫尙恩低聲讚美，而紅花靈則是回以燦爛笑容。

對著紅花靈點頭，莫尙恩準備繞過木屋繼續前進。

「迷路了嗎？」慵懶的聲音從上方傳來，莫尙恩充耳不聞地繼續行走。

一道黑影落下，才讓莫尙恩警戒地向後退了幾步，右手隨時準備抽出木刀。

眼前的男子身著黑藍相間的古服，墨色長髮於腦後隨意束起，一綹髮絲自額間垂落，微遮住了左臉。

男子細長的紅眼勾人引魂般地盯著莫尙恩。

沙沙聲響起，男子收起了還吊在枝幹上的巨蛇尾巴。

仔細一看，這男子的髮尾是條小蛇，手套上的蛇圖騰如同有生命般地挺起了身子。

「蛇郎君。」憑著線索，莫尙恩立刻道出眼前民間傳說的名字。

男子的紅眼彎了幾分，手套上的蛇圖騰瞬間化爲眞實的黑蛇，嘶嘶吐信著，笑說：「被記得的感覺眞好。」

「很美，對吧？但你也沒有因此任意摘採，這點很讓我欣賞。」看著依然警戒的莫尙恩，男子持續開口，「要不要來家裡休息呢？」說完便伸出右手，邀請莫尙恩進屋。

「我趕路，謝謝。」

「有禮貌的孩子。」男子的眼角微微瞇起，「所以我得邀請你來家裡避風頭。」

「郎君，怎麼還不進來？」木屋的門從內推開，一名別著紅花頭飾的妙齡女子端著托盤探出頭來。

「有名訪客經過呢！」看見自己妻子，男子原本的神祕冷感微笑成了寵溺的笑容，莫尚恩似乎看見了粉紅色泡泡。

「咦？有訪客嗎？」女子將托盤放在長椅上，看見莫尚恩時吃了一驚，「是孩子呢！怎麼會一個人在深山裡呢？快進來！祂要來了！」

祂？

隨著女子話語落下，不遠處漸漸起了霧，陰森的冷風吹了過來，就連原本還在花園玩耍的紅花靈們都躲了進去。若是細聽，彷彿可以從霧中聽見小女孩的哭聲。

「請快跟我們進屋！」聽著越來越清晰的哭聲，女子焦急地將莫尚恩拉進屋內，而男子眼神犀利地望了迷霧一眼，立刻關上門。

木屋內設施非常齊全，擺設也非常溫馨，家具都是木製品，牆邊還可見黑膠唱片機。

而此時，屋內所有的窗戶都拉上了窗簾，原本還依稀可見外頭景色，現在則是被一片濃霧籠罩。

莫尚恩不發一言地坐著，遠處傳來的哭聲清晰到彷彿就在身旁，不禁讓人起雞皮疙瘩。

霧茫茫的窗邊，忽然出現一抹紅衣女孩的身影，邊哭泣邊探頭探腦。

收到蛇郎君的警告眼神，莫尚恩沒有發出任何聲響，但仍緊盯著那名打算開窗戶的紅色身影。

過一會兒，那名紅色身影便從窗口消失，而讓人不寒而慄的哭聲也漸漸遠去。

霧慢慢散去，月光緩緩灑落。

見外頭的霧散去，蛇郎君也沖了壺熱茶，屋內茶香繚繞。

「祂走了，別擔心了。」女子朝莫尚恩甜甜一笑，也起身去一旁的櫥櫃拿出點心。

「妻子的蛋糕是最美味的。」蛇郎君接過遞來的點心，摟著女子腰身並輕輕在額上落下一吻。

蛇郎君是山裡的蛇妖，如果真要說，是個完全無害的妖怪，除非來者隨意踐踏或是摘取花園內的紅花，或是對祂所愛之人出手。

莫尚恩的心思還在那紅色身影上，便問：「剛剛那是……」

「是山魅，專門在深山處找交替的。」女子將茶水遞了過來，「是名身穿紅衣的小女孩。」

「若是你剛剛出了聲，我們的麻煩可就大了。」蛇郎君笑了笑，彎起妖媚的雙眸，讚許莫尚恩說：「勇氣可嘉。」

莫尚恩沒有回應，開始回想蛇郎君的故事。

妖怪與人的戀情，雖然中間曲折，但最終是美滿的結局，可以說是當地版本的「美女與野獸」。

看著眼前的幸福伉儷，莫尚恩僅是靜靜望著杯中熱茶。

蛇郎君輕輕將下巴靠在交握的雙手上，紅色瞳孔倒印著莫尚恩的身影，「這時刻來深山處有什麼事情呢？附靈師。」

聽聞過附靈師一詞與事蹟的女子動作一滯，手微微顫抖，「這孩子是附靈師？這麼年輕？」

見女子神色畏懼，蛇郎君輕輕將手蓋在她頭上，安撫說：「若附靈師打算投靠惡靈，剛剛就會與紅衣小女孩見面。」

「如你所言。」莫尙恩輕輕回了話。

蛇郎君輕聲笑了笑，「在這時間點出現，應該是某位神明的指示吧？很高興聽到附靈師跟神界的關係終於有所改善。」

「身爲有形體的妖怪，我們對你不感興趣。但山魅或惡靈非常渴望附靈師的力量，即使有神明當靠山，祂們依然虎視眈眈。」蛇郎君拿起茶杯，輕輕晃著，盯著晃動的茶水，說：「無論原因爲何，只要神界出兵討伐惡靈，也會影響到妖怪的生活……有時祂們將妖怪跟惡靈一視同仁。」

「我們妖怪，僅是想過著自己想要的生活，並不想要被捲入這種紛爭。」蛇郎君從旁邊的盤子拿了塊餅乾，清脆的聲音響起，「於深山執行任務時，還請不要讓祂們有機可乘。」

「知道了。」

「那麼，再見了。」蛇郎君起身，爲莫尙恩打開了木門。

「晚安。」確認帶上木刀之後，莫尙恩點頭道別。

離開木屋的莫尙恩，穿越花園之後便繼續沿著泥路前進。

顯然在蛇郎君家中待了一段時間——天色幾乎全暗，原本的陽光已被月光取代。

原本安靜的深山，反而傳出了各種聲響。

黑暗中的樹叢偶爾閃出明亮的眼瞳。

照理說，這個時間點應該沒有人在山裡，但附上靈力的莫尚恩清楚地感覺到，此時的他正被許多東西包圍。

祂們不見得帶有惡意，就是純粹的跟著。

莫尚恩快步又謹慎地走著，並將大多數的靈力附在雙眼上，不僅視線範圍內的景物清晰許多，就連遠方的景色也能略見一些。

沿著碎花道路拐進左邊泥路，山坡下的翠綠竹林映入眼簾。

感覺到山坡下的動靜，莫尚恩立刻藏身於岩石後，側身看著眼前景象。

竹林非常熱鬧。

山坡下的中央處是一大片空地，一條泥地道路從中彎向深處，兩旁朝天延伸的竹林遮住了大半個夜空，竹葉隨著晚風碎動，沙沙聲充斥了整座竹林。

綁著辮子的武士們坐在空地上喝酒，腰際繫著刀，刀柄上的字樣已經模糊不清。

這些武士們只是豪邁地灌著酒，大聲談天。

竹靈怯懦地躲在竹子旁，時不時看向霸佔此處的「祂們」。

「祂們」有著人形外貌，但四肢十分細長且身形不一，有些為嬰兒大小，有些則有幼童的身高。祂們赤裸著暗綠色且沒有性別特徵的身軀，沒有髮絲也沒有雙眼，僅有張裂到雙頰的嘴巴。

祂們——竹子鬼——數量不少，有些於竹子上俐落地攀爬著、有些則蹲在竹子旁，裂著一張大嘴，時而會包圍起竹靈進而欺負。

喝著酒的武士們沒有警戒與敵意，佩刀與酒杯酒瓶散落一地，各個喝得面紅耳赤。

莫尙恩正苦惱著要留在原地觀察情況或直接穿過去時，突然想到之前王德維在班上說的深山傳說。

一想到王德維，原本還在猶豫的莫尙恩立刻調整木刀背袋，讓木刀刀柄露於袋子外，這樣若有突發狀況，可以立即抽出木刀應戰。

他悄然起身移動到旁邊的岩石，打算從側邊繞到下方空地，這樣就不會正面碰上喝酒的古代武士們了。畢竟，能少一事就少一事。

從側邊的山坡滑下，莫尙恩腳踏空地的那一刻，竹林裡的祂們全部停止動作。

武士們停下了豪飲，似乎有些錯愕這個時間點會有人出現。竹子鬼不約而同的將頭顱轉過來——即使沒有眼睛，但莫尚恩還是感覺到被數十雙眼睛盯著看，讓人頭皮發麻，而卷縮在一旁的竹靈則怯怯地抬起頭。

莫尚恩直視著整片竹林，視線沒有與任何靈、武士或竹子鬼對視，深怕一個眼神相對，會引來更多麻煩。

即使如此，莫尚恩餘光之中還是捕捉到有些竹子鬼朝他奔來，在離他有些距離的地方倒臥而下，嘻嘻笑地化作一根根竹子，彷彿只是根倒在地上的「普通」竹子。

「沒想到這地方會有人經過啊！」武士灌了一口酒，手撐著下顎看著莫尚恩。

「是啊是啊，而且隻身一人。」另一名武士倒著酒，完全沒將莫尚恩放在心上。

「小兄弟很有膽量啊！」

一名武士揚手揮了揮，「小兄弟，別走這啊，等等被竹子鬼彈飛出去，咱們可救不了你。」

竹子鬼？彈飛？

莫尚恩不動聲色地消化這些資訊，並且避開那些倒在地上的竹子，每當他避開一根竹子，那根竹子便立刻變回竹子鬼，憤怒地在他腳邊嘶吼。

避開每一根竹子跟武士們後，莫尚恩站在竹林前，停下腳步。小竹靈慌忙地跑了過來，想要向前制止莫尙恩卻又畏懼身後的竹子鬼。

此時，莫尙恩腳邊的竹子鬼憤怒地吼叫，惱怒著莫尙恩居然沒有上當，而竹林裡的竹子鬼則是發出刺耳的笑聲，似乎是在準備爲莫尙恩設下一個局。

一些竹子鬼靠了過來，站在莫尙恩腳邊，仰頭望著莫尙恩，露出裂到耳邊的詭譎笑容，有些則靈巧地跳上竹子，向後攀爬。

莫尙恩保持高度警戒地走進竹林裡，身後的武士們開了賭局——打賭他會不會喪命於此——身旁是竹子鬼刺耳的魔性笑聲。

除了武士的開賭聲、竹子鬼的嘻笑聲外，莫尙恩還聽到了另一種聲音。

像是強行扳著某種東西的聲音，咭嘎咭嘎。

卽使夜色幽暗，憑藉著附靈的莫尙恩看到不遠處有隻體型偏大的竹子鬼正攀在一根粗壯的竹子頂端，使力將竹子往下壓。

當他走近時，竹子已被粗暴地壓到泥地上。那隻竹子鬼正蹲在另一頭，細長的雙手使勁壓著竹子的頂端，對著莫尙恩扯出邪笑。

竹子的根並沒有斷掉，而是整根竹子被強行壓下。若是放手，竹子會已驚人的速度反彈——這殺傷力，不容小覷。

竹子橫跨了整個泥路，一定得跨過。當莫尚恩越接近那根彎下的竹子時，身旁的鼓譟聲愈發明顯。

在跨過竹子的前一刻，莫尚恩集中靈力於雙腳，如鬼魅般地越過竹子。

吃了一驚的竹子鬼馬上鬆手，彎下的竹子立刻回彈，力道強勁到彷彿可以削斷另一節竹子。

然而，這充滿力道的一擊卻只襲過了夜風。

莫尚恩輕巧落地，如同沒事般地向前走。也想起了竹子鬼的深山傳說：在樹林之中，若是跨過橫倒的竹子，竹子會瞬間彈起，輕則將人打得騰空飛起，落下受傷，重則被勾去魂魄，死在竹林之間。

竹靈目瞪口呆地望著走過去的莫尚恩，身後空地上的武士們則喝聲叫好。

然而，竹子鬼可不開心，原本的嬉笑聲成了叫囂，越來越多竹子鬼衝向前方的竹子，使勁讓其彎下。

不出一分鐘，前方的道路上躺滿了七橫八豎的竹子。也有竹子鬼躺在地上，再度化成竹子。其餘竹子鬼揮舞著拳頭挑釁著，如針般的尖銳聲音讓莫尚恩耳朵發疼。

眼前的竹林小徑上，佈滿了密密麻麻的竹子，每一根竹子都倒在地上，根本沒有讓人可以行走的空間。

莫尚恩緩緩抽出木刀，淺藍色的靈力由刀柄向刀身延伸而去，木刀上覆著一層微薄的靈力，淡藍色的光輝跳動著。

即使只是抽刀的動作，都讓淡藍色光芒在竹林中留下了光暈。

「讓開。」莫尚恩右手甩下，強風與藍色光輝直襲竹林，吹得竹林沙沙作響，甚至讓一些體型較小的竹子鬼飛離竹子。

「碰壁了啊！竹子鬼！」後方傳來武士們爽朗的笑聲。

竹子鬼們咧著大嘴尖叫，向竹林兩旁竄去。一眨眼，毫無任何竹子鬼留下，整座竹林僅剩下還呆愣在原地的竹靈。

沒有了竹子鬼尖銳的笑聲，整座竹林安靜了許多，但依然有其他聲響，像是——河水的流動聲。

第八章

才剛走出竹林，莫尙恩警戒的視線立刻落在旁邊的河流。清澈的河水流過岩石，本該是漆黑的水面印上層層月光，偶有幾片竹葉隨風掉落其中。

一名女孩坐在河邊，雙手抱膝，低頭望著地面，直到聽到腳步聲，才抬起了頭。

「走了這麼久的路到這，很累吧？」看見有人走了過來，祂站起身，邀請莫尙恩休息片刻，說：「休息一下吧！河水很涼唷，洗個臉也很舒服。」

女孩淩亂的黑髮披散著，髮絲還滴著水，臉色蒼白毫無血色。身上的白衣沾著泥土、竹葉和水漬，赤裸的雙足與雙手十分腫脹。

——祂會在過路人沒有防備之時將其拖入河中，尋找「交替」。

「嗨呀……」見指著自己的木刀，女孩舉起雙手，但並沒有向後退，反而是一步步逼近，甚至讓自己的頸部抵上木刀，瞪大充滿血絲的雙眼，咧出笑容，說：「終於、終於有人經過了……我等到好久啊……好久好久……」

同時，身後竹林傳來野獸的低鳴，還有尾巴滑行過地面的聲音和爪子刺入竹葉的聲音。

莫尚恩立刻朝旁閃去，躲開身後的襲擊。他緊握木刀，看著朝他咆哮的魔獸——這隻魔獸有著尖銳的嘴喙，咆哮的同時咧開嘴，鮮血如瀑布般衝刺而下。銳利的爪子滿是傷口，鐵青色的身軀佈滿傷痕，牠的下半身僅是一條粗壯尾巴，沒有足部。

「別想走！」女孩尖叫道，舉著雙手朝莫尚恩奔來。

莫尚恩右腳一踏，身子一轉避開了女孩的襲擊，眼前卻是也朝自己跳來的魔獸。

莫尚恩那上了靈力的木刀毫不遲疑地突刺出去。

木刀刺入肉身的觸感傳來，足以讓人耳鳴的高分貝咆哮爆出。他右手使力揮下，將卡在木刀上的魔獸甩出去。

重物落地的聲響響起，莫尚恩仍警戒地盯著倒在泥裡的魔獸。

魔獸還在泥地裡掙扎，但魂魄已經出了一半，就算不刻意補刀，不久之後還是會斷氣的。

「你走不了的！」從旁撲來的女孩使勁跳到莫尚恩身上，左手緊緊勒著他的脖子。

被這突如其來的一撞，莫尚恩踉蹌了幾步，雖然立刻穩住腳步，但他的左腳已踏進了河裡。

女孩欣喜若狂地加重手中力道，在他跌入水中時露出猖狂的笑容——故做跌倒落水的莫尚恩趁著女孩鬆手時踏穩左腳，右手抓住女孩的右臂，順著身體的弧度將其摔出去。

被重摔在地的女孩發出淒厲的悲鳴，莫尚恩可沒空管這個。餘光之中，魔獸已死去，但祂的魂魄已躍起，咧開尖嘴地撲向莫尚恩。

在魔獸魂魄撲上他之際，一柄鋼叉從遠處擲來，恰好卡進魔獸魂魄的頸部，其蠻橫的力道直接將在半空中的魔獸魂魄扯回地面。

莫尚恩喘了一口氣，看向鋼叉的擁有者，點頭行禮，「牛將軍。」

「附靈師。」低沉的聲音響起，虎背熊腰的身影從竹林旁走出。來者身材粗壯高大，臉上戴著牛面具。祂拔起了陷入河地裡的鋼叉，徒手抓起魔獸魂魄。

魔獸粗壯的尾巴立刻捲上牛將軍的脖子，用力卷縮著，同時不忘咆哮。

面對這奪命攻勢，牛將軍眼睛眨也沒眨，抓著魔獸魂魄頸部的手開始出力。

不容小覷的力道讓魔獸魂魄開始乾嘔，原本緊繞於牛將軍脖上的尾巴最後無力地滑落。

「一天已過，尚有兩天。」牛將軍不帶任何情緒對莫尚恩說。

牛將軍抓著魔獸魂魄繼續說：「現在將此獸帶回地府。」

語畢，面具下的雙眼轉向瑟瑟發抖的白衣女孩，左手掐著女孩的頸部，將其舉起。即使女孩不停掙扎著，牛將軍依然不動如山，說：「願此事件盡快了結。」隨後，祂們三個的身影淡然消失，只有牛將軍如鐘的說話聲迴盪在深山中。

離開地府外出抓魂魄通常是黑白無常的職責，牛馬將軍則是留在地府管理魂魄、壓制惡鬼。想來應該是魔獸魂魄難以制服，不得不出動牛將軍。

莫尚恩正想思索時，一道聲音毫無預警地響起，「身手不錯。」

一身黑衣的夜鷹靠在竹子上，唯有短披與腰間的銀色布料泛著光芒，若不是這兩處身著銀色，幾乎與黑暗融為一體，不易察覺。

那如黑夜般的瞳孔更是毫無波瀾。

「以這世界的人來說。」夜鷹淡淡地接著說，略長的髮絲隨著夜風拂動，垂下的右手握著全黑的武器。

這武器似槍似刀，以雙刃為基本原型進而改造，數塊刀片懸浮於兩端刀刃旁，中間握柄較為細緻，繁雜圖騰漂浮於空中包覆著夜鷹的右手。

夜鷹鬆開右手，然而武器卻沒有受地心引力的影響向下掉落，而是化成黑色粒子，最後消失。

這不是一把實質的武器，看起來與海熙的光刀有異曲同工之妙，是異世界的武器？不過，莫尙恩並沒有多花心思在此，他警戒地問：「你來消滅魔獸？」

「不。」出乎意料，夜鷹給出了否定的答案，說：「我來說服你接受我的委託。」

「你要我做什麼？」莫尙恩皺起眉頭。

夜鷹直視著莫尙恩，說：「我需要大量的風元素。」

「這樣說吧，」瞧見莫尙恩的不解，夜鷹進一步解釋，「我要回去。回去方式需要三種媒介：魔力、風元素和魔法陣。」

「魔力。」夜鷹右掌一翻，原本空無一物的掌心出現了幾塊石頭，「這是魔力結晶，從魔獸體內取出的。魔獸爲魔族的人造品，每隻體內都有一定的魔力。」

莫尙恩接過夜鷹拋過來的墨色石頭，上頭有著白色花紋，每一個都是不規則形狀。摸著石頭的稜角，彷彿有股特殊氣息從白色花紋中散出。

「魔法陣。」夜鷹這次拋了個發著光芒的褐黃色物品過來，而莫尙恩則在看清楚此物品時瞬間愣住。

莫尚恩盯著飾品好一陣子才把視線轉回到夜鷹身上，拿著褐黃色魔法陣的手微微顫抖，「你送柯亞去異世界？」

這次輪到夜鷹皺起眉頭，不過下一瞬間，夜鷹身影一晃，已消失在視線範圍內。莫尚恩僅用眼角捕捉到一抹銀光出現在身旁。

同時，似乎有東西穿過草叢的聲音。

而且不只一個方位。

黑色身影從前方竹林竄出，銳利的爪子揮下，弧形戾光暴虐斬斷了竹子，使得竹靈驚恐逃竄，也讓莫尚恩立刻後退了幾步。

魔獸此時正站在夜鷹原本的位置，身子一挺只用後腳支撐，側著身子望著莫尚恩，細長的全黑瞳孔瞇起。

站直身的魔獸乍看之下彷彿人類——但牠全身上下都被硬皮包覆著，手指關節處有著勾爪般的內彎爪子，身後還有條帶刺的尾巴。

除了這隻魔獸正面出擊外，其餘小魔獸則是伏著身子在旁伺機而動。

莫尚恩知道夜鷹正毫無聲響地站在他身旁——明明站在旁邊，爲何卻完全感覺不到氣息？

此外，夜鷹剛剛突如其來的消失，是因爲他預測到魔獸的攻擊動向嗎？

其餘魔獸甩著頭瞪著莫尙恩與夜鷹，弓起身子發出威脅的低吼。接著後腿一蹬，左方的小魔獸咧開嘴喙直撲莫尙恩！

他身子一側，避開襲來的魔獸。藍色光輝如蛇般地竄向木刀，由下往上刺穿了魔獸的下顎。

首當先鋒的魔獸淒厲嘶吼著，也響起了開戰之聲——其中一隻狼型魔獸朝天嚎叫，其餘魔獸則是如潮水般的湧上。

「我不懂那句話的意思。」看著瞬間進入苦戰的莫尙恩，夜鷹只回了這句話。

夜鷹與人形魔獸站在原地沒有任何動作，看似互相牽制又看似毫不關心這場亂鬥。眼前的魔獸一隻一隻撲上，夜鷹右手揚起，黑色粒子圍繞在手掌周遭。然而，就在武器成形的前一秒，夜鷹放下了手，夜色武器最終化成粒子散去。

淡藍色光芒從魔獸堆中閃出，一道道斬擊由內向外劈開，將一些魔獸斬飛出去。抓到空隙的莫尙恩立刻抓緊機會，俐落地使著雙光刀。凡是刀刃掃過之處，便有魔獸斷落的身軀與血水。

將腳邊奄奄一息的魔獸踢開，莫尙恩大口喘著氣，胸膛大力起伏，握著雙光刀的手激烈顫抖著。原本身後的木刀背袋早已被撕爛，只剩下一條破布拖在地上。

莫尚恩並沒有殺死任何一隻魔獸，僅給予致命傷讓魔獸不能動彈；他知道若是魔獸已死，其魂魄再度攻擊，那才是增加負擔。

夜鷹瞥了一眼，莫尚恩的衣服已被利爪或是尖牙撕爛，暴露出來的肌膚上有著怵目驚心的咬痕或爪痕，鮮血直流，甚至有些傷口深可見骨，而臉部也濺著不少鮮血，一道傷口橫跨緊閉的左眼，鮮血緩緩流下。

看著死傷慘重的魔獸軍團，人形魔獸轉向莫尚恩，身子微微弓起，隨後像炮彈般彈射出去。

莫尚恩心頭一凜，立刻向旁跳去想閃躲這一擊，然而他的腳卻不聽使喚，完全無力移動，重重跪了下來。

夜鷹見狀，右手朝虛空一握，抓住浮現成形的墨色武器，右腳一蹬，瞬間擋在莫尚恩與人形魔獸中間。

「不准死。」夜鷹看了莫尚恩一眼，墨色雙刃刺進了來不及閃避的魔獸胸膛，右手向後一抽，帶血的雙刃以及魔力結晶被抽了出來。

突刺與抽離，夜鷹的出現和攻擊如行雲流水般的流暢，毫無多餘動作。

「只要有足夠的魔力和風元素，便能啟動魔法陣，傳送到其他地點。」

人形魔獸咳了大片鮮血出來，卽使遭受致命傷，雙手的爪子仍然朝牠眼前的夜鷹襲去。

莫尙恩睜大右眼，但四肢傳來的沉重與劇烈疼痛都讓他無法動彈，就連出聲警告也無法。只剩單眼的他，跟不上夜鷹的速度。

「這個世界的自然元素不多，甚至難以蒐集。爲此，我需要透過你直接和風神索取我所需的風元素。」

兩隻手掌騰空飛起。

鮮血從手腕噴出，兩隻帶有威脅性的勾爪手掌此時已毫無生氣地躺在泥地上。

莫尙恩跪坐在地，他收回了附在雙木刀上的靈力，這才覺得呼吸平穩了些，但傷口的鮮血還是不斷流出，在地面上形成一座血坑。

夜鷹右手劃下，比暗夜還深的黑光閃過，人形魔獸身首分離，頭顱滾向一旁，失去生命力的身軀緩緩向後倒去。

將武器轉到左手，右手把玩著剛剛拿到的魔力結晶，夜鷹朝莫尙恩走了過來。左手的墨色雙刃無預警地向左後方插下，精準地刺中了準備偷襲的帶刺尾巴，尾巴掙扎了會，最後才停止擺動。

夜鷹問：「還沒死吧？」

多虧了靈力，雖然傷口依然流著鮮血，但四肢的劇烈疼痛與痠痛也緩了些。莫尚恩看著地上的鮮血喘著氣，若是不馬上止血，即使有靈力，還是會因失血過多而倒地。

夜鷹站在莫尚恩面前，在他手心放上一顆裡頭有著白色圖騰的半透明晶石。他捏破了晶石，晶石瞬間化作白色光輝，將莫尚恩籠罩其中。

當光輝褪去時，莫尚恩身上原本深可見骨的傷口已逐漸止血，有些甚至已結了層薄薄的痂。傷口傳來的陣痛和鮮血依然提醒他，他剛剛經歷了一場生死戰。

雖然才從生死關中走出來，莫尚恩還是立刻問起柯亞消失一事。

「那與我或總部無關。」從莫尚恩手中拿回飾品的夜鷹如此說道，「這世界自然元素和魔力都不足，無法啟動任何法陣。那少年是被我世界的人召喚走的。至於是誰？爲了什麼目的？我皆無法查證。」

聽到這，莫尚恩從口袋中撈出藍洋爺要他毀掉的王德維總是沾沾自喜的吊飾，遞向夜鷹，問：「這是？」

夜鷹接過吊飾，並持著吊飾水平移動，但不論他朝哪個方向轉，此吊飾都黯然無光，

「同樣是傳送陣，但魔力和元素都已耗盡，大概不能用了。」

「傳送陣是需要大量魔力跟元素的法陣，隨時都吸取著周遭的魔力和元素。」夜鷹摸了摸法陣上的圖騰，最後將其還給莫尚恩，說：「我想，你朋友只是恰好從總部成員身上撿到這個。」

——而且我那寶貝一靠近柯亞就發光——王德維說過的話浮現於莫尚恩腦中，他緊緊握著傳送陣。

夜鷹繼續說：「法陣吸收魔力跟元素時會閃爍，蒐集到足以進行傳送的魔力和元素時會持續發光。」

夜鷹的資訊並沒有讓莫尚恩釐清頭緒，反而陷入更多迷霧般的困惑。他決定直接將問題都丟向夜鷹。

「法陣也會從人的身上吸收魔力，但這世界的人沒魔力，目前遇過有魔力的都是總部的人，也就是我們世界的人。」夜鷹一一回覆莫尚恩的問題，並解釋說：「你朋友拿著法陣在海邊吹風時，法陣不停發光，就是法陣在吸收風元素。」

之前王德維拿著法陣在柯亞身邊亂晃時，法陣會發光是因爲在吸收魔力——難道柯亞是總部的人？或者，就當是法陣吸收足夠的魔力後，王德維趁颱風天跑到藍洋海港，誤以爲好玩卻在不知情的情況下蒐集了風元素，又不小心在海港弄丟了傳送陣。因爲有足夠的魔力跟風元素，之後法陣就啟動了，就如藍洋爺所說，一群魔獸從中衝出來，並將一名釣客分食。……這是整件事情的來龍去脈嗎？看著手裡的傳送陣，藍色光芒爬上包覆在莫尚恩的五指之間，清脆的破裂聲從他收緊的手指頭之中傳來。

「以上的資訊是我的誠意，我是爲了交易而來。」夜鷹看了眼周遭的魔獸死屍，繼續要求：「幫我蒐集風元素，幫你處理魔獸。」

莫尚恩沒有馬上回話，他要先消化如浪潮般湧上的資訊。

夜晚的迷迭山籠罩在黑暗之中，若是沒有月光，就連入口的登山步道都難以找到。此外，就是入口處的土地廟還亮著一絲光芒，而這黑夜中的一盞燈卻引來了不少孤魂野鬼。祂們在廟旁徘徊遊蕩著，渴望著進入一個避風處休憩。

這也是爲什麼長輩會說過深夜不要到廟裡拜拜；若這時候去廟裡，反而會被孤魂野鬼纏上或是被沖到。

登山步道的兩隻石獅盡忠職守地守在土地廟門口，對著徘徊不走的孤魂野鬼低聲咆哮。

其中一隻石獅子豎起了耳朵，鼻子朝空中嗅了嗅，將太過靠近的孤魂野鬼驅趕之後，便到登山步道的入口，弓起身子低鳴。

伸手不見五指的登山步道傳來了步伐聲，隨後兩名身影走出了步道，土地廟的門也打開了，兩道刀影制止了想進廟內的孤魂野鬼。

海熙甩著光刀，走向登山步道。

「莫……」看著跛著腳的莫尙恩，海熙驚訝地摀著嘴巴，立刻上前攙扶。

見莫尙恩一身血跡和傷痕，海熙不知從何說起，只能先確認莫尙恩神智清醒，沒有被任何山魅附身後隨即帶入土地廟內。

「看來深山魔獸難以對付啊！」土地爺泡了壺茶，遞給莫尙恩，又看了眼夜鷹問道，「這位是？」

「盟友。」

「天啊……」海熙小心翼翼地幫莫尙恩處理著結痂的傷口，因爲從深山處走出，結痂的傷口又惡化了不少，多處甚至再度流著鮮血。

土地廟的門被推開，千里眼神將和土地爺打完招呼後，一臉擔憂地看向莫尙恩，「尙恩，你這傷勢……」

「夜安。」華陀仙師跟在千里眼神將後進來，跟土地爺打了招呼，揮了揮衣袖便快步走到莫尚恩身邊，檢查傷口，「這是剛剛受的傷？如此嚴重的傷竟然已經結痂了！不可思議……這光靠靈力恢復的嗎？」

華陀仙師輕觸著莫尚恩的傷口，細細觀察著其他疤痕。

莫尚恩看了夜鷹一眼，簡單描述了當時的狀況。晶石就如華陀仙師的神力一樣，能活化細胞。配合著靈力，恢復能力才能發揮最大值。

「異世界竟如此神奇？」千里眼神將雙眼的所有畫面都聚焦在夜鷹身上，稍稍放心地將手放在胸前，說：「幸好，他是盟友。」

「聽說你受重傷了，尚恩恩恩恩——啊啊啊！」聲到人未到，土地廟的門被撞了開來，身穿紅服，頭戴宰相帽的少年華麗麗地撲了進來，倒在門檻上，宰相帽滾落在地，珠飾撞擊地板響起清脆的聲音。

「晚安！」立刻爬起身的城隍少主轉了身，對著土地爺笑了笑。

「初次見面，少主。」土地爺回以溫和的微笑，但早已退到角落去，深怕城隍少主等等腳步一滑會跌到祂身上，老人家可不經摔呀！

「哇啊！莫尚恩你傷得太重了吧！」城隍少主見到莫尚恩時整個大驚失色，張開的十指誇張地擋在眼前，說：「這樣能大便嗎？」

「少主關心的地方永遠與眾不同呢！」千里眼神將感嘆道。

「莫尚恩，你需要派兵支援嗎？」城隍少主眨著黑色雙眸問道。

「不需要。」

「這樣子啊，好吧！那如果你真的掛了也沒關係，屍體保存好，可以破例讓你還魂。」城隍少主一臉開明地說。

而白無常的臉色立刻一變，語帶警告，「大人，這玩笑無聊透頂。」

「開開玩笑嘛，白白祢幽默感零分！」

「若在任務中失去性命，僅是歷練不足。」白無常面無表情地說。

海熙停下處理莫尚恩傷口的舉動，不認同地瞪向白無常，說：「他都傷成這樣了，說什麼風涼話。」

「那麼，當初此重責就該留給天界或地府處理，而非自己攬下。」

「喔？要留給地府處理是不是？」聽著白無常趾高氣揚的語氣，海熙勾起挑釁的笑容。

「嗨——呀！所以我才來請尚恩處理嘛！」感受到劍拔弩張的氣氛，城隍少主趕緊插話，「尚恩處理的很好，不是嗎？我有收到牛頭馬臉仔的回報喔！剛剛抓回了好幾隻魔獸魂！尚恩讚啦！」

「不過，那些魔獸魂要怎麼處理？」華陀仙師順了順鬍鬚，白眉下的眼睛瞇起，「打算關一輩子嗎？」

「現階段是關在死牢裡，但祂們並不屬於這世界，不知道會不會有什麼影響，還在觀察。」

「這樣啊……」華陀仙師咳了幾聲，將注意放回莫尚恩身上，「咱留了些神力在體內，能助長你恢復速度。」

「尚恩，謝謝。」城隍少主眨了眨雙眼，真誠開口道，「當初能遇到你真是太好了。還有啊，這幾天我會要牛馬仔完全待命喔！只要一有魔獸魂魄就立刻抓，免得這些魂魄打斷你處理事情。」

白無常調了調腰間的令牌，提醒道，「大人，該回府了。」

聽到這句，城隍少主如洩氣般的氣球，說：「蛤？難得可以出來透透氣。」

「透氣從來不在您的行程裡，如果您不打算回府，請別怪我動用私刑了。」

「對上司用刑也不在祢的行程裡吧。」城隍少主雙手按頭哀號。

趁著白無常和城隍少主對話時，千里眼神將走近莫尚恩，微彎腰悄聲道，「尚恩，謝謝你。畢竟不是所有的神明或兵將都能直接接觸陽間事物，就算天庭或冥府要派兵，也幫不上忙。」接著千里眼神將又將日月斧戟化爲白色光點，送入莫尚恩體內，不給對方拒絕的餘地，豪邁地笑說：「日月斧戟可以實體化，雖然可能有點重，但力道非常驚人。」

華陀仙師順了順鬍子，說：「咱也得回去了，出來太久，童子會擔心的。」

千里眼神將拍了拍莫尚恩的肩膀，回以燦爛笑容，「手無寸鐵的我，也得趕緊走了。」

「對了，聽說有個受害者是你的朋友？我暫時留住祂，若是時間允許，你可來地府跟祂做最後道別……痛。」看著土地爺故作堅強的神情，這次城隍少主撞壞的東西應該價值不斐。

就在送走三神之時，土地廟內無預警地颳起強風，一個調皮的聲音隨之出現。

「似乎，很有趣呢！」

第九章

「讓吾加入吧！」待強風平息時，一名捲髮及膝的女孩出現在他們面前。女孩穿著輕便的小洋裝，褐色的大眼充滿了好奇。腳踝上繫著緞帶，赤足漂浮於空中，長捲髮有生命力地浮動。

「風神。」沒想過掌管風元素的神祇會直接現身，感到驚訝之外莫尚恩仍不忘招呼。

「夜安。」土地爺也和藹地笑著，但看著被狂風捲過的廟，心在淌血。

「祢來得真是時候啊！」海熙調侃道。

風神伸出手，豎起拇指，迷人一笑，說：「風，是很八卦的。」

「簡單來說，吾是來湊熱鬧的。」雙手一攤，風神的樣子就像準備排隊入場看電影的小孩般的雀躍，「能擾亂地府的東西，應該很有趣吧！」

「湊熱鬧可以啊，但是要付入場費喔！」海熙朝莫尚恩使眼色，後者則跟夜鷹拿了魔法陣飾品，並簡單解釋傳送魔法陣的用途。

「原來原來——只要我全力朝這個小東西轟下去就可以了吧！」風神摩拳擦掌道，迫不及待地朝雙手呵氣。

「若是附靈師不介意，這件事情是否可等到晚上再繼續進行呢？」土地爺有禮地插話，畢竟不知道這間土地廟能不能承受風神使勁全力的風襲，如果直接被吹走，那祂就要調職了。

「蛤……」風神立刻露出失望的神情，眼巴巴地望著土地爺。

「天快亮了，之後會有信徒過來整理廟，老夫認爲給凡人看到附靈師現在的樣貌並不妥。」

「的確，凡人看到會立刻報警吧……」海熙同意道，雖然莫尚恩身上的傷口都已經結痂，但全身上下都是駭人的乾枯血跡跟傷疤，不論是誰看到，一定先叫救護車和警察。

「老夫建議附靈師先找個地方養精蓄銳，晚上再繼續執行任務。」

見在場所有人、神、靈都同意此作法，即使風神鼓起腮幫子，淚眼汪汪地在地上翻滾吵鬧，最終也只得跟著同意。

皎潔的月光灑下，點點光暈落於迷迭山山腳前，登山步道旁的路燈已黯然無光，整座山中沒有任何一絲光芒，即使如此，山中傳來的各種聲響依然襯出了生物的動態。

「欸嘿，所以汝是從另一個世界過來的？」總是平著聲調的男聲，此時卻因爲驚奇而提高了不少。

「是。」看著因驚訝而瞪大雙眼的少年，夜鷹還是習慣冷著臉的莫尚恩。

語氣抑揚頓挫，豐富的臉部神情……這並不是說少年被開發了，而是再度處於附靈的狀況下，又或者說，被強迫附靈。

這次是自然神祇之一，風神。

自然元素神祇雖然也有著「神祇」之稱，但與居住於天界的衆神祇們，卻是完全不一樣的。

祂們是獨立存在的個體，並不受限於天帝的控管之下。

「原來異世界是眞的存在啊！」

聽聞夜鷹來自異世界，天性好奇的風神立刻巴著莫尚恩不放，想要藉著附靈師的身軀挖出另一個世界的八卦。

「什麼什麼？異世界有人類以外的種族？野獸能擬人化？」風神浮誇地瞪大雙眼，差點把背後的雙木刀掉在地上。

「很多人以魔法當職業？只要捏破治療水晶就可以治癒傷勢？」操縱著莫尚恩身軀的風神立刻彎腰，直接將結疤的傷口挖開，鮮血馬上湧出。

「不能把好不容易結疤的傷口挖開來啊！」見到血肉模糊的傷口，海熙也不自覺地避開視線。

「有什麼關係！反正捏破他說的什麼水晶就好了……你沒了？所以治不好喔？」

一路上，吵吵鬧鬧，即使引來不少山魅的注意，也礙於海熙的光刀威嚇之下沒有上前惡作劇，又或者不想被風神當作惡作劇的對象。

不知道是不是有幻術保護著，這次並沒有遇到蛇郎君的木屋。

風神鬧歸鬧，甚至偶爾做出跳脫常理的舉動，但憑藉著神力，他們在預期的時間之內抵達了竹林。

途中與武士們寒暄耗了些時間，但這點時間在竹子鬼那邊直接賺了回來，風神大大二話不說，直接強風掃蕩，讓竹子鬼體驗天上飛的感受。

橫掃竹子鬼之後，就在好心的風神想要使用風讓武士們大開眼界時，內心逐漸崩潰的附靈師堅決拿回身軀主權。

戰鬥還沒開始，心就好累——莫尚恩覺得能雙腳踏在泥地上的感覺眞好——而傷口已傳來陣陣疼痛。

夜風凜凜吹著，一行人安靜而快速地移動，經過河畔時還警戒地停下腳步。原本打鬥的血跡仍殘留於地，魔獸的死屍卻消失了。

「可能被其他魔獸帶回去了。」夜鷹推測，但這也意味著其他魔獸已經知道他們的行蹤了。

循著魔獸殘留地上的血跡而行，路上並沒有遇到任何一隻魔獸，就連其他自然靈也沒有瞧見，彷彿他們的所在之地是座空城。

本該清涼的氣候，卻悶熱了不少。

站在懸崖邊的一行人向遠方望去，市中心在黑夜中閃爍著各式各樣的光芒。交通號誌的紅黃綠燈交錯著，帶著飄渺的美感，讓人捨不得移開視線。

「爲什麼爲什麼爲什麼爲什麼爲什麼都沒有遇到魔獸呀——」飄在一旁的風神嘟起嘴道。

看著風神的臉於自己眼前無限放大，莫尚恩才緩緩開口，「……集中戰力吧。」

「什麼！吶吶，這樣好危險餒！」風神大大兩手捧著臉龐，滿意地笑著，「感覺很有趣——」

一路的血跡斷在山崖，看來魔獸的巢穴就如千里眼神將分析的，位於崖下的山洞裡。

莫尙恩右腳輕輕一踏躍出崖邊，沿著壁面滑下，冷風拂過髮絲。他將靈力凝聚於右手上，按著壁面減緩下降的速度。

才一剛到地面，難以遮掩的屍臭味便撲鼻而來。蹙了蹙眉，他隨即藏身於樹幹後，側著身子朝山洞內看去。

山洞內一片漆黑，無法看出動靜。莫尙恩將視線定在周遭景色上，不僅不見任何自然靈的蹤影，就連身旁的花草樹木也無精打采低垂著。

利用花草枝葉的掩飾，莫尙恩迅速移動到洞穴旁。正準備潛進去時，目光觸及到洞穴旁的物體而低下了身子。

待看清楚那東西時，莫尙恩不自覺屏住了呼吸。

是一截染血的手臂，上面爬滿了蛆蟲，就連沾在上頭的血液都成了紫黑色。

「海熙。」風神開了口。

「嗯？」

「汝也有操控附靈師身體的經驗吧？」

海熙應了聲，將些許的專注力轉移到風神身上，等著對方會說出什麼話。

風神嚴肅了幾分，「不覺得下面有東西很怪嗎，想抓。」

「……控制好祢的手。」海熙瞪了風神一眼。

莫尙恩檢視那斷臂的撕裂傷，想必是被用暴力硬扯下來的……太殘忍了！不論受害者是誰，都不應該被這樣對待的。

「對不起。」莫尙恩垂下頭，低聲喃喃道。

站在一旁的夜鷹則是眉頭一挑，墨色瞳孔往洞內探去。

蹲在洞口旁，四周毫無聲響，唯有屍體的腐爛臭味。將靈力凝聚於五官，莫尙恩緩緩走了進去。

雖然洞內漆黑，但附上靈力之後，隱約可以看出地板上堆著滿滿的屍骸與殘布。並不是他們昨天解決掉的魔獸死屍，而是常人的屍體。這些屍體並不完整，而是一塊塊屍塊，身體部位與生前所穿的衣布混在一起，非常混亂。

下一剎那，莫尙恩瞳孔猛然收縮。——一件沾滿黑血的制服！這制服布滿灰塵與泥濘，左胸口的部分穿了個不規則形形狀的洞，現在如破布般被扔在這裡。

這件制服的款式，莫尙恩再熟悉也不過。雖然左胸口部分破了個洞，但依然可以看出繡有藍色的「普」字樣。

伸出顫抖的右手，翻了翻制服，果然在肩膀的地方看見一個破洞——王德維去年莫名其妙自己弄了個洞在那兒，還得意洋洋地炫耀著。

凝視這件制服許久，莫尚恩最終選擇起身。

一隻人形魔獸也站在旁邊看著他。

心神一凜，右手五指一張，握住千里眼神將兵器的同時，莫尚恩展開攻擊。白光乍現，毫不留情地朝魔獸砍去。

魔獸身子一側避開了長斧，後退了幾步。

收回日月斧戟，身子隨著右手的舞動轉身，不給對方喘息的空間，莫尚恩箭步向前，再次揮出長斧。

他冷著臉，眼中僅有魔獸。

淺藍色光芒爆出，如有生命力地爬上千里眼神將的兵器，白色與藍色光輝爭先恐後相互交錯著，原本黑暗的洞穴也瞬間被照明。

虛步向前，身子一晃僅剩下藍色光芒殘留於空中。右腳踏上岩石，身子使力一旋，夾帶著大量藍白光芒的長斧順勢斬下，非凡的氣勢與力道彷彿要劈開整座山洞。

即使這波攻擊極具威脅性直斬而來，但魔獸毫無閃躲之意，僅是站挺了身子，紫紅色的瞳孔凝視著直擊而來的莫尚恩，並且伸出了右手。

然而，在日月斧戟襲上魔獸之際，月牙型的藍色光輝從旁急速而出，擋下了斧戟的攻勢。

兩柄武器相撞的氣流與衝擊，讓莫尚恩身後的山壁凹陷且爆裂，揚起的碎石紛飛，眼前的視野瞬間被泥黃色的塵灰覆蓋。

莫尚恩迅速地瞥了眼那道藍色斬擊的方位，隨後向後翻去，在塵霧之中憑著藍光閃爍的瞬間勉強躲開逼近而來的長刀。

邊閃躲著幾乎將自己逼到絕路的藍色突刺，莫尚恩邊鎖定魔獸位置。在看見魔獸的瞬間，即使被長刀劃過右手，他依然使勁踹向魔獸頭部，接著借力向後一翻，脫離魔獸及藍刀的攻擊範圍。

有了靈力，這一擊是足以讓頭蓋骨碎裂的。但魔獸僅是按著頭部，赭色的雙眸平靜地看著莫尚恩，揚起右手，彷彿在阻止某人的攻勢。

魔獸反手一轉，握著一把憑空出現的黑色雙刃武器，兩端的夜色刀片浮動著，接著刀片凌厲急射而出，直擊莫尚恩身後的山壁。

每片刀片都深陷進山壁，悶哼聲響起。

莫尚恩一愣，隨即蹲低身子，警戒著。

但身後的悶哼聲……難道是夜鷹？莫尚恩想回頭，但卻沒辦法轉移注意，視線直直盯著眼前的沙塵。

時間似乎過得特別緩慢。只過了幾秒，但對莫尚恩來說就像是過了好幾十分鐘。而讓他訝異的是魔獸並沒有藉風塵襲擊。

待風塵散去時，一抹身影豎立於眼前。

出現在眼前的，並非魔獸身影，而是夜色髮絲的男子——持著武器的夜鷹指著莫尚恩身後，說：「幻術。」

站在對面的夜鷹左手按著頭部，一旁的海熙則是面無表情地持著光刀，刀尖閃著藍色光輝，一絲絲深紅滲透於刀上。

「醒了？」海熙冷聲詢問，右手俐落一揮，將刀身上的血跡甩掉。

數隻有如孩童大小的人形魔獸被黑色刀片釘在山壁上，每一片刀片都殺進致命部位，紅色血液沿著山壁緩緩流下，怵目驚心。

風神一臉惋惜，「啊啊！剛剛好精彩餒！師徒對決，但海熙祢也太狠心了吧，來眞的！」

看著站在同一陣線的夜鷹跟海熙，再加上夜鷹提到的「幻術」和風神所說，莫尚恩立刻釐清思緒，「是你……」

海熙上前一步查看莫尚恩手臂上的傷勢，「你突然朝他攻擊，我那刀沒有傷到要害吧？」

難怪剛剛「魔獸」不管怎麼樣都沒有還手，而中途強勢插入的藍刀就是阻止他的海熙。

「對不起。」不但誤中幻術對夜鷹用上神器與靈力，還需要海熙半路救援……該死！莫尚恩低下頭，感到羞愧。

「想繼續看的說。」風神雙手枕在後腦，嘟著嘴說道。

「沒什麼。」即使看不到海熙，夜鷹還是朝海熙的方向點頭。

風神鼓起雙頰，雙拳上下興奮地晃動著，「海熙祢要不要跟夜鷹打打看？我雙手雙腳贊成喔！」

莫尚恩抬起了頭，意外發覺夜鷹的雙眸從深黑色轉成了紫紅色，同色圖騰從右手五指攀到手肘。

同一時間，莫尚恩眼角也捕捉到一晃即逝的影子，反手將日月斧戟擲過去，擦過影子的鼻尖，埋入山壁，也讓影子的主人停下動作。

當看清楚身影時，著實讓莫尚恩吃了一驚。

是名男孩魂魄。

男孩魂魄哭喪著臉，鼻子皺起，嘴巴因爲啜泣而不停開合著，小小的拳頭緊握著，怯怯地看向莫尚恩。

「嘛嘛嘛——看來是受害者，看你們剛剛打成這樣，祂怕死了吧！」風神瞬間飄了過去，突然現身於面前，讓男孩嚇了一跳。

風神伸出手，揉著男孩魂魄的髮絲，「摸摸摸摸——」

「祢怎麼在這？」海熙走過去問這男孩魂魄。

海熙想，這男孩魂魄現在怕莫尚恩怕得要命，夜鷹看不到，風神就是專程來打醬油的，還是祂來開口吧！

男孩魂魄的視線緊張地在風神與海熙之間移轉，對到莫尚恩時還抖了一下。

最後，放聲大哭。

聽到這撕肝裂腸的哭聲，莫尚恩心底一處揪了起來。受害者中，居然有這麼年幼的孩童。

他食指凝聚靈力，於空中畫出令符。

等到男孩哭累了，啜泣聲轉小，莫尚恩才上前一步，蹲下與男孩魂魄平視說：「待會兒有哥哥姐姐來帶祢回去。」

看著消失於空中的令符，海熙一時想不起來那是誰的令符。隨後發現，原來是小黑白無常的令符。

擔心男孩魂魄會畏懼黑白無常而不肯跟著走，莫尚恩剛剛刻意畫了小黑白無常的令符，或許同樣也是孩童外表的小黑白無常能讓這名男孩魂魄比較安心點。

這是他細膩的溫柔。

「等下就可以離開了。」莫尚恩輕聲道，「抱歉。已經沒事了。」

從裡頭洞穴飄出來的風神說：「蠢蠢蠢蠢蠢欲動呢！還有一些，刺激刺激！」

莫尚恩不語，但的確感受到後方洞穴的躁動。他的右手置於身後，白光微微聚集，若是有突發狀況，也能立刻反應過來。

夜鷹看了莫尚恩一眼，轉身走向洞穴。

「咻咻咻咻～～」原本滿心歡喜跟著夜鷹進去的風神突然頓了下，又飄回男孩魂魄面前，看著男孩哭花的小臉露出淘氣的笑容，「如果汝連附靈師都怕的話，之後到地府等著被嚇到不要不要的，嘿嘿嘿嘿！」

說完，看到原本止住哭泣的男孩再度崩潰大哭，風神才心滿意足地飄進下一個洞穴。還來不及出聲安撫男孩魂魄，後方的洞穴率先傳出野獸的嘶吼以及群體移動的聲響，地面也隨之傳來了震動。

戰鬥，一觸即發。

「交給他吧！」海熙同樣望向洞穴，接著幫莫尚恩包紮傷口，說：「你最後一擊太操之過急了。」

此時，一黑一白的身影出現在空中。

看著穿著過大的黑白袍飾，手拿羽扇與鐵鍊的孩童現身，莫尚恩放下了心裡的其中一塊石頭。

「莫哥哥。」

「尚恩哥哥。」

莫尚恩點了點頭，比著現在被海熙抱在懷裡的男孩魂魄，解釋了一下現況，並且希望祂們用較溫和的方式帶祂走。

「吾等了解了。」小黑無常認真地、用力地點了點頭，同時也收起鐵鍊。

小白無常則是走向男孩魂魄，伸出白皙的右手，「汝與吾等來。」

看著依然賴在海熙身旁的男孩魂魄，小黑無常右手抓了抓臉頰，「若汝與吾等同來……」

「吾等有賞賜予汝！」小白無常接話。

聽到黑白無常實習生的對話，海熙不自覺笑出來——裝成熟的小孩們！

看到海熙噗哧噴笑，小黑白無常先是一愣，最後轉向莫尙恩，緊張地開口詢問，「尙恩哥哥，可是哪裡出了差錯？」

「沒有。」

得到莫尙恩肯定後的小黑白無常士氣瞬間提升，轉過身清了清喉嚨，小白無常左手放置身後，右手成拳頭放在下巴前，老氣橫秋道，「吾等的獎勵是彩虹色棒棒糖乙支。」

此話一出，海熙幾乎是用盡全力來抑制上揚的嘴角。

小黑無常手伸進衣襟找了找，隨後拿出一根七彩的棒棒糖，神色嚴肅地將其舉起。

不只海熙，這次就連莫尙恩都忍不住讓嘴角有了弧度。

看著男孩魂魄開始有些動搖，海熙忍住笑意地輕拍男孩魂魄的肩膀，示意祂過去小黑白無常那邊。

小黑無常將彩虹色棒棒糖遞給男孩魂魄時，小白無常身子一轉，小臉依然是一號表情，但語氣多了些撒嬌，「尚恩哥哥，吾是不是很棒。」

注意到小白無常用的是單數，小黑無常立刻扔下男孩魂魄，也蹭了過來邀功，「莫哥哥，使命完成了，吾也很棒！」

「都很棒。」伸出手輕輕拍了拍小黑白無常的頭頂，莫尚恩點頭道，「謝謝祢們。」

「無須客氣。」小黑白無常黑色的瞳孔裡綻放萬丈光芒，像兩隻受到主人寵愛的寵物。

「那吾等要回去了。」

「莫哥哥再會。」

目送著小黑白無常與男孩魂魄的身影逐漸淡化，最終消失於眼前。

莫尚恩深呼吸，將長氣放鬆吐出。

「讓事情告一段落吧。」

夜鷹腰間的銀色長布隨著走動微微飄起，輕拂過地上的屍首，沾染上了些許的鮮紅。停下腳步，似乎早已預料到對方會出現似地望著連接到外頭的山洞小徑，夜風掃過，一抹人影也隨之現身。

月光從外頭照落，使得魔獸臉上的鱗片和頭頂的雙角閃著血腥的光輝。血色的瞳孔瞇起，掃視著已失去生命跡象的其餘魔獸，怒火在眼裡燃燒，而牠帶長刺的雙手微微顫抖著。

「呼呼——」風神趴在半空中，低頭俯視著夜鷹與魔獸，以及隨後進來的莫尚恩。瞬間，魔獸飛身躍向夜鷹，右刺斬破風聲地劃下，一道銀光直襲咽喉。

夜鷹向後一仰簡單躲開這擊——因爲，這只是聲東擊西。

身子還未落地，鐵色尖尾勾起，沿著地面如蟒蛇般地朝莫尚恩掠去。

附上靈力的少年向旁一躍避開這擊，如長鞭的長尾刺進了壁面，壁面成蛛網狀裂開，碎石落下。

日月斧戟揮下，揚起的冽風掃開阻礙視線的塵土，莫尚恩右膝微彎，隨後一蹬衝向魔獸。

夜鷹看似不關心這場戰鬥似地退到一邊，但他的墨色瞳孔正密切關注雙方的一舉一動。

泛著白色光輝的神器刺向魔獸，瞬間上演了一進一退的攻防戰。日月斧戟如白色流星般地突擊著，雖然魔獸避開多數攻擊，但身上還是逐漸出現了擦傷。

看到魔獸身上有著傷痕，莫尚恩並沒有趁勝追擊，而是收回凌厲攻勢，退了幾步，警戒地盯著魔獸。

這些隱隱作痛的傷口，似乎讓魔獸更火大。

身影一虛，瞬間出現於莫尚恩眼前，身子迴旋，右腳毫不留情地踹下。他反握日月斧戟，用長斧柄擋下了踢擊。

儘管擋下了攻擊，卻無法擋下衝擊。

「小心！」

如鐵鞭的長尾追著因衝擊力而向後飛去的莫尚恩。

幾個踮步踩下，雖然無法抑下衝擊但緩了不少。莫尚恩單膝微彎，左手按著地面，向後滑行了數呎才終於停了下來，身旁是斷成數截的鐵尾巴。

魔獸睨視著一旁的夜鷹，收回剩下尚未被砍斷的尾巴，鮮紅色的血液如不值錢的紅色顏料般滴下，紅色瞳孔閃爍著暴戾光輝，一陣魔力波動橫掃，似乎就連大氣都在震動。原本已失去生命跡象的魔獸群們，如魁儡般站起身。

「祂們的魂魄已被牛馬將軍帶走了！」在外頭視情況的海熙出了聲。

沒有魂魄的擾亂就好辦事了！將日月斧戟轉至身前，毫不猶豫地殺進身旁的魔獸群，莫尙恩雙手操著日月斧戟，尖銳的斧端劈開所有阻礙在前的事物，雖然不熟練，但對付這群喪屍絕對足夠。

不給莫尙恩喘息的時間，魔獸弓起身子，踏著虛步瞬到莫尙恩面前，後者右手一橫，用日月斧戟接下了攻擊，身子一偏及時躱開長刺。再晚一秒，身子就會被魔獸的長刺開了血洞。

而莫尙恩的視線則是被長刺上的一小塊布料吸引。

魔獸力道一加重，握著日月斧戟的雙手便開始顫抖。這讓海熙蹙起細眉，果然以基本體術來說，魔獸實力是在莫尙恩之上的。

左腿迅雷不及掩耳地朝著少年一重踹，來不及轉爲防禦的莫尙恩撞進身後的山壁，石頭碎裂的聲響傳出，不禁讓人擔心這一擊會不會讓他失去意識。

數滴血液濺在莫尙恩臉上，一條手背帶刺的斷臂隨之飛來，卡進旁邊的山壁中。掃來的風塵捲起他的黑髮。

夜鷹擋在他與魔獸之間，右手向外劃去，甩開武器上的血漬。

「住手！」蔓延於全身的疼痛感在叫囂著，若不是有靈力撐著，早就因爲這一擊而昏迷，莫尙恩緊咬著牙關，冷汗滴下。

莫尙恩這一喊，讓夜鷹停下攻擊。

「吶吶吶吶——肋骨斷了吧？」風神如此說道，小嘴努起。

莫尙恩深吸一口氣，眼神死盯著魔獸左手長刺上的小布料，白色布料上有著藍色橫線，布料邊緣有個字，雖然右下角已破損，但不難看出是「德」。

「我要親手……」從牙縫擠出幾個字後，莫尙恩再度大力咳著。卽使如此，少年的視線從沒離開過魔獸，黑色瞳孔僅有著憤怒。這一刻，莫尙恩感到全身冰冷，四周一片死寂。

不如同莫尙恩的怒意，夜鷹則是放下武器，思考了會，「這毒……魔族的紅眼？」

魔獸按著血流不止的右肩，警戒地向後退去，血色瞳孔望著夜鷹，「你是誰？」

「夜鷹。」

聽聞這個名號之後，魔獸如喪心病狂地大笑，狂傲的笑聲讓人不寒而顫。

似乎是忘記自己才剛被斬斷一隻手臂，魔獸露出血腥的笑容，細長的舌頭舔去了臉上的血跡，「我對『夜鷹』這名號也很有興趣啊，第一暗殺者！」

夜鷹嘴角勾起，似笑非笑地開口，「這稱號跟了我百年，拿得走也歡迎。」

「當然。」魔獸扯開笑容，卽使只剩一隻手，攻勢也如暴風般的猛烈襲來，長刺每一擊都刺向要害。

面對如此致命的攻擊，夜鷹則是以如魚得水之姿閃躲著，甚至收起武器，完全沒有進攻的打算。

「雙眼全紅時會瞬間毒發身亡，沒錯吧？」閃身到魔獸一側的夜鷹觀察著，再度輕鬆躲開突刺。

「沒錯！」聽聞夜鷹一番話，魔獸收回了猛烈的攻勢，朝天仰笑的傲態襯出了牠無畏的態度，「逃離魔族隨手搶了個傳送陣，結果法陣十分不穩，還以為要被吞噬了，殊不知傳送過來了，大難不死啊！」

「原本想在深山回復元氣之後血洗這裡，不過……夜鷹！」魔獸重新將視線定在夜鷹身上，發出嚎鳴，「跟我打一場！」

「所以都是意外而來的？」夜鷹問道，回想著當初莫尙恩問他的事情。總部人員之中的確有魔族，而傳送陣有分爲區域傳送或是法陣傳送，兩兩相配的傳送陣可傳送到另一個法陣的位置。

「沒錯！沒想到此地都是手無寸鐵的人類，眞是塊好寶地。」

這麼說，這群魔獸當初搶到的魔法陣跟王德維撿到的法陣是一對的，意外開通兩邊的傳送陣。夜鷹思考著，推測出事情眞相。

「暗殺者不喜歡戰鬥。」夜鷹看向了莫尚恩。原本埋在落石堆的他抹去了臉上的塵埃與鮮血，將左手從落石堆裡抽出，引起一陣沙塵。

魔獸的視線越過夜鷹落在莫尚恩身上，不只魔獸，在場三道視線都落在他身上。

「別死了讓我丟臉。」海熙點頭，同意莫尚恩解除身上靈力的封印。

原本還半埋在落石堆的狼狽少年身上突然炸出藍色光輝，淺藍色光芒亂竄著、強風刷著衣飾與髮絲，淺藍色如侵蝕般地染著黑色的眸與髮，左臉頰也印著同色圖騰，全身上下散發出淺藍色光輝。

隨著莫尚恩站起身的動作，就連周遭的大氣都染上了藍色光輝。

這少年的模樣，著實讓魔獸感興趣，牠嗜血地舔著嘴角。

莫尚恩右手一鬆，讓日月斧戟化作白點消逝。

他抽出身後的雙木刀，周旋在旁的淺藍色光輝爭先恐後地聚集，攀附在雙木刀上。

聚集大量靈力的木刀成了泛著刺眼光輝的光刀，不僅刀身，就連刀柄也是純粹的藍，彷彿可以穿透視物，耀眼也危險的光輝跳動著。

淡藍色的瞳孔倒印著魔獸的身影，莫尚恩轉著雙光刀，一道道藍色光芒隨著他的動作留在虛空中。

一魔一人在同個時間動了。

是時候結束這一切了。

第十章

安靜的夜晚之中，外頭阻喝孤魂野鬼靠近廟的低吼聲顯得特別響亮。

花了一整天整理被風神吹亂的廟後，迷迭山土地爺終於有時間坐下來喝杯茶，休息一下。

才剛喫了一口茶，外頭便傳來敲門聲。

「夜安，平安歸來便是福。」

「打擾了。」

神色疲倦的莫尚恩揹著風神踏進了廟裡，將祂輕輕放置在旁邊的長椅上，海熙跟夜鷹隨後而進。

「那麼，請好好休息，老夫先不打擾了。」土地爺倒了幾杯茶。

「謝謝。」海熙看著坐在長椅上的莫尚恩，跟土地爺點頭致謝。

雖然很睏，但腦中想的是剛才的戰鬥。

老實說，莫尚恩覺得很過癮。當然，並不是指奪取魔獸性命這件事，而是可以與難纏的對手打上一場毫無顧忌的戰鬥。

必須判斷對方的攻擊模式，分析接下來的攻勢再加以化解。

莫尚恩閉上眼睛，意識差點被睏意帶走。

「那麼，我要走了。」夜鷹右手一轉，褐黃色的魔法陣出現在手中，與以往不同，充滿風元素的魔法陣泛著光輝，彷彿充滿了生命力，周遭的大氣出現波動。

「吾還要——」大字形睡在長椅上的風神說著夢話，翻了個身。

看到魔獸的首級被斬飛的瞬間，風神大大便打了個呵欠，任性地說要風屬性可以，現在立刻馬上，不要剝奪祂去找新樂子的時間。

殊不知，這個小玩意需要的風元素超乎在場所有者的想像，風神灌注全力連轟了五、六次，才讓魔法陣稍稍持續亮著光芒。等到魔法陣蒐集到足夠的風元素時，風神也累到直接原地睡著。

「有比魔獸更難應付的東西嗎？」在夜鷹離開之前，莫尚恩雙手交握問著。若這次沒有夜鷹幫忙，他不敢保證事情會順利落幕。

「不多。」聽到這非完全否定的答案時，莫尚恩再度感到墜入深海的壓力。

「但傳送過來的機率幾乎是零。」夜鷹微微側身，把玩著傳送陣，「總部成員本身就是研究員或是學者，手上都握有秘密。背後勢力垮了之後，因爲這些秘密或知識被追殺，雖然可能不得已，但都是自己做出要過來的決定。」

「若你眞的擔心，可以考慮與總部聯盟，若是有東西被傳過來，總部可以追蹤魔力波動，你可以第一線處理。」夜鷹建議著。

「三個月。」夜鷹話題一轉，並對莫尙恩提出了一個時間，兩指夾著柯亞的照片，「從找到你朋友開始的三個月，我保證他的安全並協助他生存。」

莫尙恩睜著沉重的眼皮，望向夜鷹，不發一語。

「或許，你可以親自去一趟。」見莫尙恩沒有反對，夜鷹站起身走向門口。

「很有趣。」轉過身，夜鷹臉上依然掛著似有似無的微笑，「若眞有那一天，而你需要我的幫忙，我會知道的。」

「那麼，再見了。」

「祝順利。」

夜鷹的身影才剛被門扉掩去，外頭就亮起猶如白晝的光芒及一波震動。

「好了，你先休息吧。」海熙拿出令牌晃了晃，「睡醒就去地府。」

這整件事情，要怎麼跟王德維解釋呢？莫尚恩想著，意識不自覺地遠離。

王德維覺得自己好邊緣。

怎麼死了就變這麼邊緣呢？

若是班上沒有他，一定死氣沉沉——哼哼！

王德維站在灰色的柏油路上，眼前是條死沉的大寬路，沒有轉彎但也看不到盡頭。兩旁是深不見底的深淵，沒有任何建築物，四周是昏灰色的天空，彷彿正在哀悼著祂們。遠方也是一片朦朧的灰色，似乎有山脈或都城的蹤影，但被不時飄過的雲霧蓋過。

又起霧了。

泥黃色的煙霧掃起，不僅吞噬掉了遠方的山峰，連前方的黃泉路都不見蹤影，讓置身煙霧當中的王德維覺得全世界只剩下祂了。

已經見過幾次起霧狀態的王德維也不緊張，只是站在原地等霧散去。果不其然，霧很快便散掉了。

看著人來人往……不對，聽說祂已經死了，所以是鬼來鬼往的道路。

若不是真的不用睡眠跟進食，王德維才不相信祂死了。

得知死訊之後，震驚歸震驚，王德維還是被帶到了土地廟。往生者的第一站便是讓鬼差帶到所屬的土地廟，土地爺打開「戶籍冊」，確認往生者所屬之地、是否壽終正寢和有無宗教信仰之後，便於批票上蓋上土地大章，將往生者的生魂送入黃泉路。

兩個小孩承諾說會帶口信給莫尚恩，並且簡單解釋一下說在抵達酆都城之前祂們都只是生魂，並非鬼魂，也無法使用家人燒來的供品，說完便消失了。

沒多久就有新的生魂突然出現在這黑色道路上，而站在一旁的鬼差則負責看好祂們，等達到一定數量時便全體帶走。

來到這裡已經好幾天了，但王德維還沒走出黃泉路——原因是城隍少主特別交代，先留住祂。

帶祂過來去土地廟報到的是正在實習的黑白無常，而這裡是黃泉路，會由鬼差領路到酆都城。其實等真正到了酆都城，祂們才會進入下一個階段，也就是投胎。至於投到下輩子還是投入十八層地獄，就得看生前事蹟了。

這些事情是前些日子遇到的好心鬼差先生告訴祂的。

剛開始王德維打算跟著去酆都城，雖然不知道那是什麼地方，但感覺至少比這一條不見盡頭的黑色道路好吧？

然而，收到命令的鬼差怎麼樣也不帶祂走黃泉路……王德維在黃泉路上成了遊民。

雖然王德維有打算從生魂中打聽一些情報，不過剛過世的大家情緒都很激動，完全顧不得王德維問什麼，只一股腦地重複著相同的話。

看著準備移動去酆都城的生魂與鬼差們，王德維還是決定跟上去，搞不好這次就通過了！

「聽說附靈師解決了少主近日的困擾，連其他將軍都不見得能解決呢！」兩名鬼差領路時隨口開了個話題，後方生魂們也說著話，十分喧鬧。

「附靈師？」另一個鬼差疑惑地問。

位階高一層的鬼差解釋著，「祢太新了吧！附靈師是個隨機誕生的容器，他的身軀可以接納神靈鬼魅，並獲得對方的能力，但其實是凡人。」

「這樣啊？如果我還是凡人時有這能力就好了！」新手鬼差惋惜道，「幫神明做事多酷啊，根本是走在人間的神！」

「呃，附靈師其實是衆神討伐、惡靈拉攏的對象。不少神祇認爲應該在附靈師意識到自己是附靈師前就……」資深鬼差打斷菜鳥的幻想，並比了個扼殺的手勢。

「爲什麼？他不是解決少主的困擾嗎？」跟在一旁的王德維參與話題，「幫神做事還要被追殺，太可憐了。」

「說來話長。」資深鬼差苦惱地抓了抓太陽穴，思考著從何說起，「百年之前，歷代附靈師與神界合作，擔任天庭神將一職，負責緝拿叛逃的神兵將和神明，因為叛逃的神明都會躲到人間。」

「所以讓有神力又生活在人間的附靈師當偵探來抓神！」王德維右拳擊上左掌，表示理解。

「偵探……？」資深鬼差皺起眉頭，但沒有糾結在偵探一詞上，「然而，某任附靈師不但在人間包庇犯罪神明，甚至一起發動叛變。」

「聽說那時候上面的可忙的咧。」鬼差先生抬起頭，望著暗灰色的死寂天空，「之後，天庭解掉附靈師一職，讓他完全回歸人間，過著河水不犯井水的生活。畢竟附靈師是隨機誕生並非傳承，所以上面認為不需要後代來承擔前代的罪。」

「在沒有天庭的庇護之下，好景不常，邪靈找上了附靈師，加以洗腦並收他為徒。再趁機挑撥神明間的關係，接著趁虛而入，帶著附靈師對兩界發起戰爭。」資深鬼差向後望著佈滿泥黃色灰塵的死寂道路，悠悠開口，彷彿再度看見當時的慘況，「雖然我一直都在『地獄』任職，但直到那刻我才理解何謂『地獄』。」

「哇……第一次就算了，還來第二次啊！」王德維瞪大眼睛，原來天庭跟地獄都這麼忙。

「之後，雖然沒有明文規定要附靈師死，但……有了前車之鑑，祂們寧可錯殺一千也不放過一人，神明們都以最快速度處理掉附靈師，免得讓惡靈有機可趁。」看見有滿滿問題想問的王德維跟菜鳥鬼差，資深鬼差連忙阻止祂們，「至於這代附靈師，我只知道是被少主提拔的，所以視少主為恩人，也自願為少主做事，若是其他神明動了附靈師，等於是跟少主作對。」

「記住，別在八將軍面前提到附靈師，尤其是白將軍。」資深鬼差帶有警告意味地看向新手鬼差，「雖然少主信任附靈師，但將軍們可不領情，認為留著附靈師只會重演當初天庭的事情。」

「不好意思，祢得在這邊停下，我奉命將祢留在此。」鬼差先生制止王德維跟上的腳步，點頭後便離開了。

「喔……可惡，還以為這次可以蒙混過去。」再度被留下的王德維望著遠去的隊伍，隨後嘆了一口氣。不管祂怎麼偽裝都逃不過鬼差的法眼啊！祂該怎麼辦呢？該不會之後都要在這裡度過了……

「王德維。」

順著聲音看過去，見到喚出祂名的來者，德維同學很自然地舉起右手打聲招呼，「唷，莫尚恩。」

「欸？」

「啊啊啊啊啊！莫、莫、莫……莫莫莫莫莫莫莫尚恩！」頓了一會才反應過來的王德維下巴都快掉下來了。

不可置信地用顫抖的食指指著眼前的少年，王德維連講話都結巴了，「你、你、你你你你……」

大幅度地擺動頭部，將莫尚恩全身上下掃視一遍，王德維吞了吞口水，「其實你穿著滿有品味的。」

「……」

「啊啊幹！不是！你也死了嗎？」王德維抓著莫尚恩的肩膀，激動地搖著。

「再搖下去，他等等就真的死了。」陌生的女聲從旁響起，呵呵笑說，「他剛剛只躺了一小時，就被風神吵醒了。」

停下搖晃對方的動作，雖然莫尚恩平日就是板著一張臉，但此時的莫尚恩像是歷經風霜的死人臉，王德維頭一偏看著站在莫尚恩身旁的少女。

「哇……」錯愕地盯著少女看，王德維只發出感嘆詞，好個古代美女！不過怎麼藍藍的？

「可憐。」海熙憐憫地拍了拍莫尚恩的肩膀。

看著莫尚恩與這陌生少女的互動，王德維羨慕地退了幾步，「居、居然——可惡！莫尚恩！看你平時對女生毫無興趣，原來是因爲有女朋友了！你居然背叛我們！我還正打算在情人節那天揪團把所有單號位置買走，這樣情侶就得分開坐了！」

「……祢打算去哪裡？」莫尚恩問。

城隍少主給的時間不多，今天是一定要投胎的，破例讓莫尚恩全程跟著。

王德維眨了眨眼，隨後搖了搖頭，「我不知道啊，祂們都不讓我離開這裡。」

「那走吧。」

「可是祂們……」王德維瞄了瞄後方的鬼差，不料莫尚恩早已邁開步伐，根本沒聽祂把話說完。

莫尚恩對不遠處的鬼差點點頭，露出掛在腰間的令牌，而原本拿著兵器的鬼差微微行禮便放行了。

跟在後方的王德維盯著莫尙恩，指著腰間的令牌問，「那什麼？」

原本不打算回答的莫尙恩想了想，最後還是據實回答，「通行證。」

「爲什麼……」王德維偏著頭。

「送祢最後一程。」

「……這樣啊。」王德維不好意思地搔著頭，隨後看向莫尙恩，「欸，我眞的死了喔？」

沉默了會，莫尙恩點頭。

「我還有機會見家人朋友最後一面嗎？」

「望鄉台會讓祢遠望家鄉與親友，但沒辦法回到陽間。」莫尙恩回答。

跟在莫尙恩旁邊的王德維只覺得這樣走下來似乎特別順利，沒有莫名的颳風或是霧氣。

途中他們還經過了幾團生魂，有些正大吵大鬧著，有些正用花言巧語討好鬼差，甚至有些想要用武力奪下鬼差的武器，也有生魂與生魂不停爭執著。

某些生魂看著莫尙恩跟王德維，不滿地開罵。原本打算坐視不管的鬼差們一見到莫尙恩的令牌，立刻提著兵器上前壓制生魂。

雖然沒有多問，但王德維不禁開始想，莫尙恩到底是何方神聖？雖然他倆曾一起合力解決掉那鬼東西，但到底是誰才會要解決那鬼東西？難道莫尙恩眞實身分是……神嗎？

眼前再度飄起一陣雲霧打斷王德維思考，等雲霧散去時，前方出現了條通往上方的崎嶇山路。向上看去，只見山路的頂端被雲霧環繞著，無法得知這條山路的頂端是什麼。

「上去是望鄉台，我在山下等祢。」莫尙恩停在山路前對王德維說，接著轉向一旁的鬼差，「祂麻煩祢了，一刻內帶下山。」

「是。」

滿頭問號的王德維跟上鬼差，爬上山路的時候還不停地回頭看著莫尙恩。

「去見親友最後一面吧。」莫尙恩說，接著被雲霧蓋去了身影。

原本灰色的天空轉爲藍黑色，王德維看著眼前高聳的都城，「酆都城」的匾額高掛在城門上，兩旁則是一副對聯：「人與鬼、鬼與人、人鬼殊途」和「陰與陽、陽與陰、陰陽永隔」。

陰風陣陣颳起，暗黑色的都城彷彿要融入背景般的鬼魅，而鮮紅色的大門讓人不寒而慄。

「可以休息一下嗎？」王德維吞了吞口水問道，而莫尚恩點點頭，領著王德維到城牆旁一處休息。

原本想要驅趕他們的鬼差，看到莫尚恩的令牌後自動退下。

坐下來休息的王德維呼了一口氣，已經慢慢消化自己過世的消息了。

雖然很對不起父母，要他們白髮人送黑髮人……但世事難料啊，是吧？

剛剛從望鄉台一路走來酆都城，若不是莫尚恩，光憑己力根本無法到達吧靠！早就死了八百回！

默默回想剛剛的路程，王德維還真不敢相信祂居然都安全通過了！一根頭髮都沒掉！好啦，可能多少掉了幾根啦，畢竟頭髮這種東西一天都要掉一百根的呀！

離開望鄉台之後，眼前依然是一片雲霧。

一陣陣令人毛骨悚然的狗吠聲傳出。

待雲霧散去，王德維才看清了眼前的景色——但祂寧願不要看清。

太可怕了！眼前有著數萬隻犬隻，每一隻都是成犬的體型，黑色的外貌與低鳴聲真的是有夠恐怖！而地上，是滿滿的殘肢破體，污血淋淋。

要不是祂沒有進食，不然一定大吐特吐。

一見到有生魂下來，數十隻犬隻立刻衝上來……王德維還以為是來討摸摸的，幹！結果是來吃祂們的！

跟王德維一同下來的生魂多數遭到啃咬，有些被咬斷了手、有些被啃斷了腿，瞬間，淒厲的慘叫聲與身軀被扯斷的撕裂聲在惡狗嶺迴盪著。

當然也有些生魂安然無恙，但心理可能也重創了。

即使如此，鬼差還是拿著兵器迫使所有生魂往前走。

而看到莫尚恩準備向前走時，王德維腿都軟地走不動了。

「這是惡狗嶺，但牠們不會攻擊我們的。」一路上都跟在他們身後的少女笑嘻嘻開口道。

雖然正如那名少女所說，犬隻沒有攻擊他們，但！同時間被好幾隻犬隻鎖定，看著好幾隻犬隻朝自己奔來……還是很恐怖啊啊啊！

王德維覺得自己應該可以再死一次，被嚇死的。

越過惡狗嶺之後，跟著前方的生魂團來到了一座山峰。

一群一群的公雞在山峰上遊走，雖然不認為公雞有什麼危險性，但剛才被惡狗嶺嚇得驚心動魄，實在無法將牠們當作一般家禽看待。

「金雞山，要爬點山路。」莫尙恩簡短解釋道。

看著才剛進入山峰便立刻被公雞圍剿，雙眼被嘴喙奪出、心肝被雞爪勾出的生魂們，王德維覺得爬點山路眞的沒什麼。

眞的，要祂匍匐前進也可以。

經過了惡狗嶺與金雞山的洗禮，僅剩少數生魂還保有完整肢體，王德維覺得祂要把莫尙恩當神來拜了。

爬過金雞山之後，雲霧再度聚集——這次，歡鑼鼓舞的聲響從中傳出。

「跟好。」莫尙恩叮嚀了一句。

前方茫茫人海，因爲雲霧的關係看不清楚究竟有什麼，但依稀可見彩色的旗幟在霧中飄揚著，伴隨著載歌載舞的舞團，好不熱鬧，或許是某種慶典？

某些飽受驚嚇的生魂一看到如此場景，立刻往前方的雲霧擠去，想逃離身後如同地獄的惡狗嶺與金雞山。

「……我、我沒有要過、過去，眞的，我、發誓！」看著古裝少女手按上刀鞘，甚至讓淡藍色的刀身微微出了鞘，王德維雙手舉起道，語帶結巴。

「喔別緊張，只是預防萬一。」海熙輕鬆地說，雙眼則是銳利地直視著雲霧。

「這、這是在慶祝什麼嗎？」王德維問。

原本奔向前方的生魂們才一靠近雲霧，便被從雲霧中探出的雙手抓住，拉扯回雲霧裡頭，原本熱鬧的氣氛瞬間變了調，歌聲被慘叫聲取代。

「野鬼村。剛剛的熱鬧是幻覺，裡頭的野鬼是四肢不全的生魂們，肢體不全的生魂是無法前進，只得在這裡等待身軀健全的生魂，伺機尋找新的軀體部位給自己換上去。」

靠么啊太恐怖了吧！王德維抖了好幾下。

離開野鬼村的他們來到了一座碩大的黑色涼亭。涼亭前站著好幾個鬼差，其中一個鬼差端著盤子，上面擺滿了空杯子。

躲成一團、顫抖不已的生魂們則在鬼差的指使下排成一列，一個一個上前領取空杯子，拿到空杯子後才允許上涼亭。

「不要拿。」原本打算跟著拿杯子的王德維聽到莫尚恩這麼說，趕緊抽回已經伸出去的手。

不如同其他生魂排著隊，王德維跟在莫尚恩身後從旁進入涼亭。王德維看見涼亭中間有座泉池，裡頭的泉水正滾滾冒出。而其餘生魂們則是用手上的杯子舀滿了水，在鬼差的監視下喝完。

這麼好啊，走累了還有水可以喝。什麼也沒做便離開涼亭的王德維心想。

「這是迷魂殿。那座湧泉是迷魂泉，就是吐眞劑，晚點被十殿閻王審問時，才會口吐眞言。」

「……」怕爆。

離開迷魂殿沒多久，終於來到了酆都城。

終於。

不過話說，莫尙恩到底爲什麼對這鬼地方這麼熟啊！不僅鬼差們對他畢恭畢敬，就連黑狗跟金雞看到他過去還會繞道！

莫尙恩，請收下我的膝蓋。王德維在心裡跪拜眼前的少年。

「走了嗎？」

「啊啊……好。」從城牆角爬起來，跟著莫尙恩進到所謂的「酆都城」。

城內掛著兩盞燈火，後方又是另一道門。

站在內門旁的鬼差見到莫尙恩便立刻恭敬地爲他們開門。

「哇賽！」看見眼前排列有序的十座城門，王德維吃了一驚。每座城門前都有鬼差守著，而這些鬼差的衣飾與兵器，與黃泉路上的鬼差們相比明顯高級了許多。

而每座城門前排著一列列的生魂，有的鬼差們拿著本子核對生魂的身分、有的鬼差們管理秩序，井然有序地工作著。這不禁讓王德維想到每次升旗典禮，教官抽查服裝儀容的樣子。

「阿隍不在這耶，莫尚恩你去找一下？」

莫尚恩環視周遭一圈，確實沒有發現紅色身影，才在海熙的建議下去尋找城隍少主。

「他在這邊感覺混得很好啊……」看著對莫尚恩十分恭敬的鬼差們，王德維不以為意地撇了撇嘴，「跟班上那死樣子差太多了。」

「他從小就看得到你們看不見的東西，但卻沒人肯相信他所說的。」海熙無奈地回話，隨後朝王德維笑了笑，「久而久之才變成誰都不信、誰都不理的態度吧！」

對上海熙藍色的瞳孔時，王德維不好意思地搔著泛紅的臉頰，「他、他本性不壞啦，我國小就知道了……」

「國小？」

王德維看了下在遠方與鬼差談話的莫尚恩，久遠的記憶湧上心頭，「小學的時候被學校小霸王誣賴偷錢，全班只有莫尚恩相信我沒偷錢，在我被一群人拖進廁所討錢時，他直接把那群人打哭。我也是覺得欠他一個人情才……總覺得可以當上朋友？」

「爲了一件人情黏他黏了快十年，祢也很有毅力呢。」海熙轉移了視線，身子一轉背對王德維，「謝謝。」

「他是這裡的……將軍？他是神明嗎？」聽見鬼差對莫尚恩的稱呼之後，王德維左手遮在嘴邊小聲問道。幹，眞不能想像身邊的人竟然是神！

「都不是，只是少主給他的是將軍的令牌，若是位階不夠被其他鬼差挑戰，事情爆發出來會很麻煩。」海熙解釋著，面帶擔憂地環顧著四周，雖然帶著將軍令牌的莫尚恩在鬼差這邊會一路無阻，但若是眞的遇上將軍級的人物……幾乎將軍級的都反附靈師派，就算少主在身邊也難以立刻脫身。

不等王德維思考這句話的含意，一道充滿元氣的聲音打斷祂的思考，「這裡！」笑得一臉燦爛，蓬勃朝氣的城隍少主在中間朝祂們揮手。

眼前這戴宰相帽身穿紅衣，與他們年紀相仿的少年……又誰啊？這是王德維心中的疑問。

「城隍少主。」等到王德維走近，莫尚恩才簡單介紹道。

原來是城隍……嗯？城隍？是那個城隍廟的城隍嗎？王德維想了想，接著雙手按著雙頰，擺出「德維的吶喊」。啊啊啊幹！是BOSS嗎？靠莫尚恩居然連這種人物都認識啊啊啊！

「嗨，阿隍。」

王德維不自覺有些緊張。可、可惡，祂又不是可愛妹子緊張什麼。

「這就是祢朋友嗎？祢好。」

城隍大大是在跟自己打招呼嗎？「呃，祢好。」

「因爲把祢留住的關係，所以沒辦法讓祢頭七回去返陽。不過這也是好事呢，萬一祢去了陽間不肯回來，到時候被滅魂大法滅了，我這裡也難辦事。」城隍少主嘴角的笑容如太陽一樣溫暖。

……被滅魂大法滅了？這種事情不要笑著說啊，城隍大大！

「我們從七殿閻王那邊過去吧，祂比較有空。」說完，城隍少主一個轉身，撞到了旁邊正在核對身分的鬼差，腳步再一個踉蹌，跌進了生魂群裡。

「……」

王德維看著走在前頭的城隍，小聲問著身旁的莫尚恩，「我們要去哪？」

莫尚恩沉默了會，「祢該去投胎了。」

投……胎？「呃，所以我即將有新的人生嗎？」

「是。」

王德維張了張嘴，想說些什麼，卻什麼也說不出來。

跟著城隍插隊進入第七閻殿，見到高坐在上的七閻王時，王德維真的覺得會被閻王大大的臉嚇到屁滾尿流。

不過，祂們並沒有停下來受審判或審問，而是直接進入後方的房間。

「那個……」王德維唯唯諾諾地發問，「我、我也想趕快離開，但……我真的可以就這樣路過嗎？」

城隍少主看了莫尚恩一眼，抿了抿嘴唇，「我事先查過祢的資料，祢沒有罪，而且沒有壽要守，可以直接辦理投胎程序，所以我們直接省掉審判流程了，祢有什麼委屈要上訴嗎？」

「委、委屈嗎？」王德維反而被這個問題問倒，要一時之間說出祂人生十七年的委屈……好像想不起來啊，「可能……沒有？」

海熙微微皺起眉頭，雖然祂不熟冥府的整個程序，但投胎也是流程重重，不是一時半刻能處理完的，加上鬼魂數量眾多，久一點數年也是有可能……

——「尚恩，謝謝你，若是魔獸持續殺人亂了秩序會讓我很困擾的。報酬的部分，你想要什麼？」

——「不用。」

——「怎麼可以不用！你第一次去討伐的時候差點喪命欸！我想想……有個受害者是你朋友對吧？」

城隍少主轉向王德維，「沒有委屈很好啊！然後我幫祢辦好程序了，走吧投胎！」

「謝謝。」莫尚恩朝著城隍少主道謝。

「不用道謝啊！我也想給祢一些回饋。」少主笑嘻嘻地回應，並用力拍了拍王德維的背部，「還好你朋友沒有罪，才可以直接辦理程序。」

「……好啊？」王德維應道，怎麼說得好像現在要去吃午餐一樣輕鬆？

「那我們直接去還魂崖，因爲祢直接投胎，我就不跟祢介紹供養閣和鬼界堡這兩個地方囉？」

王德維怯怯地舉手發問，「那是……哪裡？」

城隍少主轉過身來，頭上的宰相帽撞到牆角而掉落，「審判完之後，有罪的會下十八層地獄，沒罪的會去供養閣領取陽間家屬燒的東西，再轉移到鬼界堡生活，此時才會稱祢們爲『鬼魂』，會住在鬼界堡裡守壽，特定的日子可以回到陽間。」

海熙走在少主等人後面，一同穿過一扇扇紅黑色大門，身邊的鬼差越來越少，通常越接近核心地帶，巡邏者的官位會越大……但也沒遇到任何將軍級的神祇。海熙嘴角勾起一抹微笑，阿煌時而兩光，但該靈光的時候還是很給力嘛！

但王德維看著城隍少主，心裡冒出另一個想法：不過城隍大大這樣每走幾步就撞到旁邊的東西，每上下幾個樓梯就跌倒，眞的沒問題嗎？

對於自己要去投胎這件事，還是很不眞實。

投胎欸？要結束這段人生了嗎？

或許是因爲要送自己最後一程的關係，王德維第一次覺得莫尚恩是個說話的好對象。

雖然話不多，但都很精簡的回答了祂的每個問題。

閒聊之餘，祂們終於來到了一個山水明秀的地方。

還魂崖，也是陰曹地府十三站的最後一站。

「剛剛我們經過的地方是蓮花台，就是感化鬼魂的地方，反正祢直接投胎我就沒特別介紹了哦！」城隍少主右拳輕輕敲著自己的腦袋，吐了吐舌頭。

王德維不敢相信居然可以給暖陽照到，他們正站在一片草地上，眼前有座懸崖，崖邊有座泛著金銀光輝的拱橋，界碑石上寫金銀橋，四尊護橋神獸懶散地趴在橋上。比起先前的前幾站，這裡風光明媚，根本就是天堂。

「這是……孟婆？」看著拱橋前方的老婦人以及旁邊的湯水，王德維猜測。

「對喔喔喔喔喔——」城隍少主又一個華麗地向前撲，引起的騷動就連神獸和其他準備投胎的鬼魂都在觀望。

「喝下孟婆湯之後，孟婆會安排你進入六道輪迴，就投胎了。」莫尙恩淡淡地解釋道。

「所以，我就會忘記這一切，重新開始？」

「是的喔！橋的兩邊各有三個輪迴，要遵守指示跳喔，不要隨便看到輪迴就跳，跳錯投胎成糞金龜我也沒辦法囉！」城隍少主叮嚀道。

「我當然要投胎成人生勝利組啊！」王德維吸了一口氣，搓了搓鼻子，「雖然之後什麼都不記得，但要我忘記這一切，還是很掙扎。」

「還好我是臭單身狗，不然我女友一定哭死了。女友是拿來疼的，絕對不可以讓她哭。」王德維故作瀟灑地說。

王德維看了下莫尚恩腰上的令牌，再看著一旁的城隍少主，先前聽到的資訊逐漸連貫起來，祂遲疑道，「你是不是什麼……附靈師？幫城隍少主解決的事情……該不會是那可怕的鬼東西吧？」

完全沒想到王德維會如此一問，莫尚恩著實愣了一下，但他這次沒有避而不答，「是。」

王德維緩緩瞪大眼睛，也深吸了一口氣。雖然祂並不完全了解附靈師代表的意思，但至少祂跟附靈師共同經歷過一件事，「媽的，你都自己做這麼危險的事情啊……之後小心點，聽到沒？你的得力小助手王德維我，之後可不會拿著鍾馗劍英勇地加入戰鬥喔！」

「嗯。」

「幹，認識你快十年，好像是我第一次看到你笑。」王德維又長嘆了一口氣且低下頭，讓人看不清楚他的神情，「如果……突然想哭，會不會很丟臉？」

「不會。」

「雖然已經知道自己很幸運了，可以一路無阻直接投胎，而且最後一面還是朋友送的……但我還是覺得很靠北啊，爲什麼是我……」說到這，王德維的聲音哽咽了許多，「明年暑假，原本要跟我叔叔去澳洲玩啊！」

「……對不起。」

王德維深吸了幾口氣，讓心情平復下來，「不用道歉，我只是……現在有點難以接受，但等等就都忘光光了吧……」

「謝謝你莫尚恩，還專程下來送我一程……」王德維冷靜了許多，「之前一直覺得你是個很難相處的人，但我想只是我沒找到跟你相處的方式。你平常就看得到很多我們看不到的東西，所以很多時候只是爲了保護祂們才那樣子吧。」王德維抬起頭，眨了眨又逐漸溼潤的眼睛，「去操場要走樓梯之類的。」

很訝異王德維突然提起這個，莫尚恩開口，「抱歉，那個時……」

「沒關係，那時候也是我白目，總是用自己的角度看事情。」

「我好像知道該怎麼跟你相處了，但是來不及了。」王德維藉由轉身掩蓋抹去眼淚的行爲，「之前聽到你跟柯亞不錯，還覺得怎麼可能，怎麼有人可以跟你相處……現在想想，柯亞不愧是學霸，居然連怎麼跟你相處都知道。」

「我看，回憶就到這吧，我怕你太想我。」王德維轉過身比了個手勢，不等莫尚恩回應便走向孟婆。
莫尚恩看著走向孟婆的王德維，王德維雙手顫抖到手中的孟婆湯都差點灑出來。
果然還是很不安。
一口乾掉孟婆湯的王德維在引領下，來到了六道輪迴。
莫尚恩注視著王德維想回頭，卻抑制自己正視輪迴的樣子。
知道莫尚恩心裡正極度譴責自己，海熙輕輕拍了拍他的頭。
看著王德維捏著鼻子，像跳水一樣地跳進了輪迴。
然後消失在眼簾。
消失在還魂崖。
王德維已經不存在於這個世界了。
不到幾天的時間，連續跟兩個朋友說再見了。
其實莫尚恩很討厭這個詞——再見，再也不見。
「辛苦了啊，尚恩。」城隍少主也鬆一口氣地扭了扭筋骨，對著莫尚恩認眞點頭，「現在冥府跟天庭應該都有所耳聞，你幫我解決了將軍們也難以完成的任務。大尊寺的夥伴也很喜歡你，衆神們一定會對附靈師有所改觀的。一定可以再贏回大家的信任！」

尾聲

對於看得到和能接觸到神靈鬼魅的莫尚恩來說，醫院是他最不喜歡去的地方之一。那裡很雜也很亂，莫尚恩都快分不清楚到底誰是魂誰是人了。

而且，莫尚恩對於只要搭電梯都會莫名到太平間，以及總是有魂魄想要躲在樓梯轉角處嚇人這幾件事感到非常厭煩。

或是，不想給（小）黑白無常帶走，直接在醫院跟祂們玩起大逃殺的。

「可、可以進去探望莉櫻了嗎？」跟在莫尚恩身旁的劉家祖先阿德焦慮地問，不停往病房看去。

據說劉莉櫻已經脫離險境，收到消息的阿德立刻奔來醫院探望。不過被各種惡作劇阻擾，所以千拜託萬拜託地請莫尚恩陪同。

靠在轉角的莫尚恩看了眼，病房的門正好打開，來探望劉莉櫻的同學們走出，充滿活力地道別。海熙也立刻上前，在門被關上前確認房內是否還有其他人，「沒人了！」

莫尚恩點點頭，等到同學們都離開後才敲了敲門，走進病房。而坐在病床上的劉莉櫻轉了過來，瞧見訪客時露出訝異的神情。

「莉櫻啊……」看著還吊著點滴，右手纏著繃帶，右腳打著石膏的劉莉櫻，劉家祖先走上前去，心痛糾結的神情在臉上一覽無遺，雙手顫抖著。

「稀客餒。」看著提著水果籃的莫尚恩，劉莉櫻笑了笑，並用下巴指著打著石膏的右腳，「簽名嗎？筆在旁邊。」

「不。」莫尚恩瞥了眼阿德，祂微微啜泣著。

「眞沒想到你會來，早點來就可以跟我朋友一起聊天了，嘿嘿，她們絕對想不到你會來，畢竟你跟柯亞……其實都很夯喔。」

「不過……」提到柯亞的劉莉櫻收起笑容，皺起眉頭，「聽說柯亞失蹤了？眞假？」

正將水果籃放在桌子上的莫尚恩動作一滯，不發一語。

跟柯亞一同去比賽的同學將找不到柯亞的情況回報給老師，於是老師便請司機先將車拉回學校，自己則待在客運站等柯亞。但等候許久，也播打了無數次電話，卻仍然沒將人等回來。

最後甚至動員了警方來協尋，依然毫無音訊。

目前對外的訊息是失蹤。

但是，按照夜鷹的說法，柯亞是莫名被召往異世界。而夜鷹也保證找到他的時候會確保他的安危……應該沒問題吧！

「我又夢到那個祂了。」見莫尚恩沉默不語，劉莉櫻望著石膏上的簽名轉了個話題，「但是，祂是來道歉的，謝謝你啊。」

「我什麼也沒做。」莫尚恩回道，聽著門外海熙傳來的暗示，走向門口，說：「早日康復。」

「嗯，謝謝。」

開門的同時，海熙探頭進來，「阿德，我晚上再來接祢離開喔！」

聽到此話的阿德顫抖著肩，微微點頭。

離開病房的莫尚恩拐過彎，走下樓梯。前方幾名護理師邊走邊閒聊，莫尚恩加快腳步越過護理師們，他只想快一點離開醫院。

這裡的氛圍著實讓人非常不舒服。

「妳想到了嗎？」

「……嗯，德維呢？」

聽到護理師們的對話時，莫尙恩一愣，隨後放慢了腳步。

「什麼德維？妳男朋友嗎？」另外幾個護理師八卦地追問。

「不是啦！」綁著馬尾的護理師否認，比著一旁拿著資料本的護理師長，「是學姐妹妹的孩子啦，要取中文名字！」

「中文名字？學姐的妹妹在國外嗎？」

一旁的護理師長勾起溫柔的微笑，「在澳洲喔，好像才剛懷孕，就很興奮地要我幫忙想名字。因爲她在澳洲待太久了，中文有點生疏，所以請我幫忙想中文名字。」

「那爲什麼叫德維？」

那名護理師得意地甩著馬尾，「因爲英文名字是David呀，不覺得很像德維嗎？」

「好像不錯呢……」護理師長點點頭，隨手記錄下來。

莫尙恩停下腳步，看著前方聊天的護理師們。

澳洲，德維。

他沒有發現他的嘴角上揚了幾度。

「首抽抽得不錯呢！」海熙也笑了笑。

踏出醫院時，莫尙恩覺得心情非常輕鬆，已經好久沒有感受到這種愜意感，彷彿有道陽光照進了陰暗的天空。

「對了，阿米說，祂上次的紅茶拿鐵咧，沒喝到很難過。」

正當莫尙恩思考著要不要直接帶杯手搖飲去找某位自荷蘭時期就在的地基主時，一抹紅色的興奮身影打斷他思考，「我也想喝喝看那個什麼珍珠奶茶喔！」

「少主。」

看見城隍少主獨自一人時，海熙比平時更加熱烈地揮手，「阿隍！」

「來跟你們說幾件事情，說完我就得回去了。」城隍少主感到委屈地嘟起嘴巴，接著趕緊揉著差點抽筋的雙頰，「現在閻王們也對你很有印象喔！我們決定要讓你跟總部的人接觸，放個眼線。」

「了解。」

「這麼快？」反倒是海熙愣了下，「我以爲還要再討論一陣子。」

「我也這麼以爲，畢竟衆神意見分歧，殊不知……」城隍少主雙手一攤，略顯無奈地皺起眉頭，少見地嘆氣，「兩邊的通道又開啟了。」

雖然沒有發言，但莫尙恩僵硬的動作襯出了他的震驚。

「又開通了？」海熙也吃驚地退了一步，藍色雙眸盯著城隍少主，「難、難道那些魔獸，還來嗎？」

「我已經請千將軍確認過了，沒有任何魔獸被傳過來。」見兩人如驚弓之鳥，城隍少主連忙安撫道。

「那……祢怎麼知道？」

城隍少主轉向莫尚恩，露出虎牙笑容，「我想祢會想跟祂敍舊的，到時候問祂異世界的冒險吧，超讚的喔！」

見兩人都毫無頭緒且一臉茫然，城隍少主也不再打啞謎，「柯亞，祂被傳送回來了。」

聽到少主如此說道，海熙則是敞開笑容捶了莫尚恩一拳，「夜鷹竟然這麼快就找到柯亞，還直接送回來，真有效率！」

隱約之中，似乎哪裡不對勁，莫尚恩不確定地開口，「您跟柯亞談過了？」

「對呀，祂在異世界的經歷好有趣！」

聽到這，海熙也發現了藏在城隍話語的暗示，祂吃驚地摀著嘴巴，「不會吧……」

既然柯亞能跟少主談上話，那就表示……

「事情總是難以預料，對吧？」城隍少主一個轉身，雙手搭在身後，「柯亞死在異世界，祂說是那邊的驅魔師將祂送回來的。就這麼剛好柯亞被我們遇到了，但我實在不敢保證下次又有誰會被傳送過來。」

「原本要為柯亞辦理程序，但不論是其他國家或其他時期，就是沒有柯亞的資料。」城隍少主左手摩娑著下巴，再度將眼神定回莫尚恩身上，「如你當初的猜測，柯亞不是我們這邊的人，但祂好像不知道，所以才回來了。」

雖然早已猜測柯亞可能是異世界之人，但當這件事被認證時，莫尚恩還是不免感到震驚。

「你之後可以來找柯亞，但現在我得想想要怎麼處理祂。我不會為難祂的。」城隍少主給莫尚恩一個保證，接著豎起食指，「對了，柯亞在那邊認識的精靈朋友是夜鷹的夥伴喔，聽說還叫夜鷹爸爸，很有緣吧。」

「冥冥之中，大家的羈絆好像都牽在一起。」城隍少主笑了笑，身影逐漸淡去，「總覺得哪一天，我們也有機會去異世界逛逛呢——」

說故事 016

附靈師

作者：奈濂
封面設計：Benben
美術設計：Benben

總編輯：廖之韻
創意總監：劉定綱
執行編輯：錢怡廷

法律顧問：林傳哲律師 / 昱昌律師事務所

出版：奇異果文創事業有限公司
地址：台北市大安區羅斯福路三段 193 號 7 樓
電話：(02)23684068
傳真：(02)23685303
網址：https://www.facebook.com/kiwifruitstudio
電子信箱：yun2305@ms61.hinet.net

總經銷：紅螞蟻圖書有限公司
地址：台北市內湖區舊宗路二段 121 巷 19 號
電話：(02)27953656
傳真：(02)27954100
網址：http://www.e-redant.com

印刷：永光彩色印刷股份有限公司
地址：新北市中和區建三路 9 號
電話：(02)22237072

初版：2021 年 10 月 13 日
ISBN：978-986-06047-8-8
定價：新台幣 320 元

國家圖書館出版品預行編目(CIP)資料

附靈師 / 奈濂著 . -- 初版 . -- 臺北市 : 奇異果文創 , 2021.10

面 ;　公分 . -- (說故事 ; 16)

ISBN 978-986-06047-8-8(平裝)

857.7